熊猫挫妖记

邱洪 著

新星出版社　NEW STAR PRESS

图书在版编目（CIP）数据

熊猫挫妖记 / 邱洪著 . -- 北京：新星出版社，2020.11
ISBN 978-7-5133-3487-7

Ⅰ . ①熊… Ⅱ . ①邱… Ⅲ . ①科学幻想小说－中国－当代 Ⅳ . ① I247.5

中国版本图书馆 CIP 数据核字（2018）第 303467 号

熊猫挫妖记
邱 洪 著

策 划：	谢 斌 杨成春 朱 鹰
责任编辑：	汪 欣
特约编辑：	洪 与 姚小红 莫金莲 刘德华
责任印制：	李珊珊
装帧设计：	刘青文

出版发行：新星出版社
出 版 人：马汝军
社　　址：北京市西城区车公庄大街丙 3 号楼　　100044
网　　址：www.newstarpress.com
电　　话：010-88310888
传　　真：010-65270449
法律顾问：北京市岳成律师事务所

读者服务：010-88310811　　service@newstarpress.com
邮购地址：北京市西城区车公庄大街丙 3 号楼　　100044

印　　刷：北京天恒嘉业印刷有限公司
开　　本：890mm×1240mm　1/32
印　　张：8.375
字　　数：135 千字
版　　次：2020 年 11 月第一版　2020 年 11 月第一次印刷
书　　号：ISBN 978-7-5133-3487-7
定　　价：35.00 元

版权专有，侵权必究；如有质量问题，请与印刷厂联系更换。

001	楔　子
005	第一章　努力之下未逢机缘　天赐灵兽巧遇熊猫
019	第二章　事实在前无奈接受　可爱呆萌撒娇蠢笨
032	第三章　闯祸大王呆萌笨熊　焚琴煮鹤略施惩戒
045	第四章　《东来心诀》小有所成　一试身手初显神威
054	第五章　下山历练路遇凶险　呆萌滚滚一鸣惊人
063	第六章　原来你是隐匿高手　险救主人大发神威
070	第七章　继续前行来到村庄　山贼横行替天行道（上）
082	第八章　继续前行来到村庄　山贼横行替天行道（中）
093	第九章　继续前行来到村庄　山贼横行替天行道（下）
111	第十章　一路前行一路后悔　上了贼船哭天不应

118	第十一章	四人齐到东来胜地	御灵天堂世间唯一
134	第十二章	蓬莱阁主派人来抓	陷入困境滚滚发威
146	第十三章	两人悄悄潜入北方	神秘阁主亲自现身
163	第十四章	九婴一出天地色变	熊猫滚滚初战告负
186	第十五章	蓬莱阁主寻找熊猫	滚滚再次大战九婴
215	第十六章	蓬莱阁主一战殒灭	滚滚再次大失神威
247	第十七章	九婴子羽双重融合	子羽被杀世界和平

楔　子

"孽畜，你肆虐人间，以致生灵涂炭，啼饥号寒。我念你修炼九千年也是不易，今日若肯降服，我便好心饶你一命，你还是选择不降吗？"

腾格里沙漠的空中，黄沙遮天蔽日，寻常人几乎睁不开眼。只见一惊艳绝美的女子伫立在空中，表情冷漠地注视着地上的黄沙。她发色如墨，一身青衣，说话的声音不大，却能传到千里之外。

可在这一望无垠的沙漠中迟迟无人回应。

突然，狂沙四起，卷起几十丈高的沙暴，让人惶怯不前。

可那青衣女子却从容不迫，也未见她有任何动作，而风沙来到她身边之后，很快就恢复了平静。

这时从地底传来一声巨大的咆哮，随后钻出一只有10人高的妖兽，露出9个狰狞可怕的怪头，每个头都有两只眼、一张嘴，高低不一，动作、表情却是极为一致，只见9个头齐声开口道："女娲，你别说大话了，就凭你，也能杀我？"

话毕，这9头妖兽便伸长脖子，先前闭着的眼睛徐徐睁开，眼神如寒光般注视着跟前身体单薄的女子。两者比起来，气势上女子已弱了一截。可那女子并无后退之意，目光坚定，双手合十，仅是一合，那妖兽便倒退了七八丈远，惊魂未定地望着眼前的青衣女子，不服气地又钻入了地中。

"看来你是注定不降了！"

青衣女子扼腕长叹，从空中轻盈地落到地面，脚尖并未沾地。一只无形的手从她的手臂中伸出，幻化为一只庞大的粗掌，从虚像看这掌比刚才那妖兽还要大上几分，足以将这沙漠掀个底朝天。

她的脸色微变，显然是有点忌惮这妖兽。只见她猝然往地上一掌拍去，黄沙卷起，天地为之变色，手中擒着刚才那钻入地中的9头妖兽，语气冰冷道："孽畜，不知悔改。"

"咚！"

一掌拍出，地动山摇。

那9头妖兽挨了这一掌，倒地不起。奇怪的是，它也没感到畏惧，反而还咧嘴笑了起来。9个头一起笑，让人胆寒发竖。那青衣女子微微一怔，只见这头顶的天，不知何时，已开始出现窟窿，这窟窿刚好将那日光锁定在了这一刻。

"不好！"青衣女子勃然大怒，用嘴将左手食指咬破，滴了3滴精血放在掌心，在右手的掌心上写了一个梵文"破"。随即又幻化出刚才那一掌，疾速往天上飞去。

她没有多余动作，非常连贯，一气呵成，又连续拍出3掌，每一掌都锐不可当,刚才还从容不迫的她开始变得有点局促不安,内心自知凶多吉少。

"哈哈哈。"那9头妖兽自信地从地上站了起来,全然不顾唇边的血迹咧嘴大笑道:"无用了,女娲。难道你不知道九婴最大的力量就是变天吗?不对,可能你只知道变天,不知道九婴还可以吞噬天地。刚才趁你不备,我偷偷给天捅了一个窟窿,从此,天下再无黑夜。女娲,你应该感谢我。"

"你找死!"女娲转头怒视了一眼妖兽九婴,可她现在分身乏术,若是天地变,人间将会面临灾难。盘古开天辟地之时,人类和妖兽之间的争斗就永不休止,民生凋敝,哀鸿遍野。可是自己却一直未能降服这妖兽之首九婴,实乃罪过。如今,我女娲愿将自己的精血燃烧,分入一部分进入人间,成为我的后人,另外一部分就来补天和杀死这九婴吧。

女娲的青衣缓缓落下,风沙缠绕着她的身体,渐渐的,风沙也被染上了血色。一滴滴精血向天上飞去,势必要填补这天上的窟窿。这些精血过往之处,风沙全部消失,那一个巨大的残缺,也被一点点地补了起来。还有少数精血散落到了人间,使妖兽本性转换,成为御灵师可以控制的灵兽,灵兽按等级排列,分为了1个~10个星级。

女娲只剩下了最后一口气,指着地上身受重伤的九婴道:

"孽畜,同归于尽,还世间净土吧。"

但是女娲最后却没能杀死九婴,在临死前,她用精血将九婴封印在了北境腾格里沙漠中。九婴一直在试图挣脱女娲的控制,整整一千年过去了,世界还是一片祥和。

第一章　努力之下未逢机缘
　　　　天赐灵兽巧遇熊猫

　　夜色清冷，带着一丝寂寥。此时的天还未拨开浓雾，能见度低，昔日冷清的陆家广场此刻已经聚满了人，不知道有什么大事即将来临。

　　陆家广场坐落在群山之间，山峦之上，仙雾弥漫，难觅人影。

　　它一半凌驾于虚空之中，一半立于山崖之上。从高处俯视，深不可测。在广场中心左右两侧，两根雕刻成龙形的擎天石柱矗立在空中，正好衔接上旁边的抄手游廊，在游廊的山壁上，刻着"陆家广场"四个醒目的大字。四个大字下，一株松树傲然挺拔屹立云海，略显苍凉孤寂。

　　此时，只见从抄手游廊越过龙行石柱缓步走过来几人，依次落座在广场上方的位置，站在上方主持仪式的管家陆明朗声道："现在宣布，测试开始。"

　　随着几人的出现，刚才还很吵闹的广场立马噤声，安静得就像一幅画，连鸟儿飞过的声音都能清晰可辨。

　　数十年修炼，为的就是今朝孵化灵兽，成败就在眼前。弟子们无不是摩拳擦掌，跃跃欲试。

　　陆家弟子们站成两列，一列较少的为内系弟子，另外一列人数要多出几倍的则是旁系弟子。

按照陆家规矩，应率先由内系弟子开始测试。

内系弟子陆续走上测试台。让人失望的是内系弟子中并无一人惊艳全场，皆是一星二星的灵兽，连三星的灵兽都尚未孵化出来。更出乎意料的是还有一半的人未孵化出灵兽，这些弟子眼中充满了绝望。

在另外一边焦急等待的旁系弟子早已迫不及待，捋臂张拳。不过内系弟子都表现泛泛，旁系弟子更是普通了，家主陆远也就少了些许期待。

果不其然，旁系弟子孵化出的灵兽更是少得可怜，现在已轮到了最后一位毫不起眼的陆子羽。

只见面黄肌瘦的他神色激动地缓步走上台去，双拳紧握，手心里全是汗水，比其他弟子更是紧张。他的衣着和其他弟子比起来略显破旧，一眼就能分辨出其地位低下。

"开始。"

随着管家陆明一声开始，陆子羽双手伸上前去紧紧地握着黑色的灵兽蛋，他双手全是汗珠，额头上也开始不断冒汗。他闭着眼，心情激动，默默地告诫自己，这么多年的努力，千万不要付诸东流。当别人都在睡觉时，他在刻苦修炼；当别人在修炼时，他比任何人都要努力。

下面嘘声一片，可是很快，这些人的嘘声就愕然中止。

红色的灵兽石上显示出了几个大字："四星灵兽，触地兽。"

红色的灵兽石上显示出了陆子羽的孵化结果，刚才还很安静失落的广场一下沸腾了。今天注定是不会平静了。

"四星灵兽，要知道家主都才是五星灵兽，整个陆家也只有两只五星灵兽。"

"厉害啊，陆子羽这小子平时低调得很，根本看不出来。老三，听说你还经常欺负他，往后的日子可不好过了哦。"

"真没想到，不过老四，难道你以前没有欺负过他吗？还好意思说我。"

"唉，不管那么多了，下来了先送点见面礼，伸手不打笑脸人。"

内系弟子们平日里的骄傲在这瞬间荡然无存。

众人说话的声音不小，台上的陆子羽听得很清楚。

他尽量克制内心的喜悦，保持平静地走到原来的位置。在他身边，还蹲着刚才孵化出来的触地兽。

"安静！"

管家陆明一声呵斥，众人立马缄口。

陆远自建立陆家以来，家规森严，他以"法"治家，深受法家思想影响，规定旁系弟子若无功劳不得入内系，内系弟子想要提拔也需建功立业。

但凡背叛家族者连诛所有嫡系，犯错不举报者也要受连坐之罪。这两年，陆家就像"饿狼"一样不断扩张着自己的势力，在天谕镇的地位节节攀升。

"最后一位，陆子馨。"

终于轮到了今天最为期待的人。陆家的大小姐，冰山美人陆子馨，陆远唯一的子女，从小就被他惯着长大的女儿。

可是主持仪式的管家陆明连续叫了两声，还是无人回应。

陆明面容镇定，在所有人注视的目光中走向威严的家主，轻声向家主请示。陆远也有点生气，他表情严肃，不怒自威。

他侧身在陆夫人耳边低语了几句，陆夫人点点头示意明白，随后起身独自往后院走去。她揣测自己这个刁蛮任性的女儿肯定在后院练剑。

陆夫人很喜爱樱花，此时正值樱花盛开的季节，后院的树上和地上全是樱花，大大小小的簇着头，张望着后院的一切。

丫鬟迷香焦急地在一边踱来踱去，也没工夫欣赏后院美景，目光聚焦在正在练剑的白衣女子身上，几次想开口，却欲言又止。她敢断定白衣女子想必也看到了自己，奈何大小姐脾气骄纵，她不敢惊扰。

半晌过去，白衣女子并没有停止练剑的迹象，这让迷香内心焦急，最终还是忍不住开口道："大小姐，夫人派我来催促你快点到广场去，奴婢在这边已经等你很久了，等下要是夫人责罚起来，小人可又要挨板子了。"

她说话的声音有点低，听起来很委屈，又带点胆怯。陆夫人喜欢花，丫鬟的名字都和花有关，迷香、袭人、秋香、凌香等都是她取的名字。丫鬟入了陆家，都要更换自己的名字。

正在舞剑的白衣女子似全然没有听见一般，仍然无动于衷。只见她灵力一动，漫天的樱花从树上散落，她的剑很快，动作也很轻盈，凌厉的剑锋将剥落的樱花一片片地串了起来，一片也没有落下。

那剑锋的凌厉也全部换作了樱花的浪漫，看起来再无刚才的凌厉。这一招"玄铁剑法"中的穿花简直无可挑剔。

见白衣女子没有理会自己的请求，迷香更是茫然失措，索性鼓足勇气跪在地上，苦声道："大小姐，奴婢求你了，你还是快点过去吧。"

"找死！"

清脆的声音落地，剑锋也正好指着丫鬟的喉咙，离她咽喉仅有半寸。

那白衣女子右手轻轻一抖，剑上的樱花全部散落在地上。她左脚往前走了一步，刚好踩在了飘落的樱花上，剑气从上至下，弥漫在空气中，地上的樱花也被激起了涟漪。

樱花的美也没有挡住她的绝美容颜，那冰肌玉骨颠倒众生的容颜世间少有，墨发如丝，点缀了这朵圣洁的雪莲。眼带秋波，她望着丫鬟迷香的时候，迷香连头也不敢抬。

"什么时候本小姐的事情，也轮到你插嘴了？"

她的语气严厉，剑轻轻一挑，便将丫鬟迷香的额头挑了起来。

迷香哆嗦着道："大……大小姐，奴婢……奴婢绝对没有忤逆你的意思。"

"答非所问！"白衣女子一声冷哼，她的剑迅速抽回，"哐"的一声插入剑鞘。

最后灵力波动，樱花再次飘落，她伸手接住了几朵，端到鼻尖轻轻嗅了嗅，用力一吹，樱花又飞入空中，缓慢地落在地上。

"简直是胡闹！"

从内堂匆忙赶过来的陆夫人正好听见了刚才的对话，生气极了。她三步并作两步走过来呵斥白衣女子道："昨夜我就反复叮嘱你今天不许迟到，你偏不听，我派丫鬟迷香过来叫你，你也不来，现在其他弟子已经孵化完了，全部的人都在等你，成何体统？"

见到母亲前来,白衣女子眼神温柔地莞尔一笑,再也没有先前的傲慢和无礼。她挽着中年女子的手道:"娘,让那些不值一提的人等一下有什么关系?他们还不是仰仗着父亲的庇护。"

她嘴里的那些人显然和她不是同类人。她眼神轻蔑,目中无人道:"等下就让他们好好睁眼瞧瞧本小姐的厉害。"

她下意识地摸了下怀中的聚灵石,这是父亲昨夜给她的,有助于她孵化灵兽。

"你爹已经非常生气了,还不快换身衣服立即过去。"中年妇女让丫鬟伺候小姐更衣,连声叹气道:"真是把这孩子宠坏了。"

她都来不及欣赏这满地樱花的美了。爱极了樱花的人,内心必定是一个柔软的人。

丫鬟迷香小心翼翼地将白衣女子昨夜准备好的青衣端起,轻轻替白衣女子穿上。白衣女子冷若冰霜,身为女孩子,迷香也忍不住感觉到了寒气,但也从内心觉得大小姐真是个大美人。

也不知道以后什么样的公子才能够配得上大小姐的姿色。

陆夫人在门外等着她,两人一起从后院快步向广场走去。这一路上,见到她们的下人都在低头问好,没有人敢抬头正眼看大小姐,生怕大小姐一个不满意,就责罚众人。

喧哗吵闹的广场随着陆子馨的出现立刻安静下来。连刚才孵化出来的灵兽也全部噤声。一袭青衣的陆子馨太惊艳了,所有陆家弟子无不侧目注视,目光停留在陆子馨身上之后,视线再也难以挪开。

连女弟子也忍不住感慨,大小姐真美啊!身材窈窕,衣着华贵,宛若仙女,举手投足间那种淡泊世间的气质,引得见过她的弟子们皆低头回味,不胜唏嘘。

她放下挽着母亲的手,表情冰冷,寒气逼人,目不斜视,径直走向测试台,对着台上的父亲微微颔首示意。

"下一位,陆子馨。"

管家的这声宣布惊醒了正在发呆的陆家弟子。他们不敢说话,可是视线却离不开大小姐,家主膝下唯一的女儿,最具有潜力孵化出五星灵兽的人。

她将随身佩戴的剑放在一边,半蹲在地上,柔滑的双手放在黑色的灵兽蛋上,她开始源源不断地注入灵力。她的灵力很强,在陆家"子"字辈中无人可比。

但是,当她的灵力快要枯竭的时候,灵兽蛋上出现的黑白纹路突然中止,再也无法蔓延开来。

这并没有让陆子馨感到慌乱。她淡定从容地将父亲早就给她准备的聚灵石放在右手上。这聚灵石可是父亲花了重金去"东来镇"买来的,能够在聚灵的时候瞬间提升一倍的灵力。

有了聚灵石,她的灵气又开始变得充沛起来,刚才渐渐示弱的纹路又再次清晰可见。她心里想这一次应该能成了。

她的灵力已经到达了极限,可是灵兽蛋还未完全孵化。

"坚持!"她告诫自己。脸部表情已开始有点扭曲,整个人显得非常不自然。

灵力再次充沛了一些,终于,灵兽纹路健全,灵兽破壳而出,黑白色的灵气在广场上炸裂,幸好有陆远在那边护着,才没有波及其他人。

但这灵气太强了,陆子馨也被它弹到两米开外,倒在地上。

从刚才的难度来看,陆子馨非常自信,自己付出这么多灵力,至少也应该是五星灵兽吧!就算不是五星,也不会低于四星。

可是,结果却大大出乎所有人的预料,简直难以置信。那红色的灵兽石上显示着结果:零星灵兽,熊猫。

怎么可能?

刚才大小姐可是注入了全部灵力,还用了家主给她的聚灵石。

怎么可能才孵化出零星的灵兽?这不是笑话吗?

可是那几个字清晰可见。

在场第一个觉得不可思议的人是陆远。他立马带着飞天龙过来，亲自放上去测试，红色的灵兽石上显示着五星灵兽，飞天龙。

"这是怎么回事？"

这灵兽蛋可是来自妖兽谷"万竹林"深处，那个地方的灵兽不可能这么低才对。

可是灵兽石上显示得清清楚楚，陆远也有点怀疑自己的判断。

陆家的其他弟子们更是觉得匪夷所思，刚才他们可是亲眼见到大小姐费尽全力才破开的灵兽蛋，竟然是零星灵兽？这怎么可能？

零星的灵兽比一星的灵兽实力还要弱，等级还要低。

陆子馨被弹开后，还没有看清楚灵石上的显示。可是从父亲脸色来看，应该不是很理想，但她判断至少也应该是四星灵兽。

等她从地上缓缓坐起，方才看清楚了灵兽石上的显示。

不可能！

她立即起身走了过去，可是灵兽石的显示是那么清晰。

见女儿看到了结果，知道一向骄纵的她难以接受这个事实，陆远立马让管家陆明宣布今天的灵兽测试到此结束。若是其他弟子在此议论此事，只会对陆子馨形成更大的伤害。知女莫若父，他太了解自己的女儿了。

收到家主命令后，陆明朗声道："今天孵化灵兽到此结束。所有陆家弟子谨记，凡是孵化出灵兽的陆家弟子，要与灵兽在后山共同修炼三年，三年之后家族将会分派任务给各位，等完成任务回山后，便可在陆家任职。"

"诺！"

陆家弟子陆陆续续退了下去。

零星灵兽？这不仅是御灵师的耻辱，更是陆家的耻辱。陆远自建立陆家以来，还从来没有哪位弟子孵化出过零星灵兽。

陆子馨的青衣沾染了不少灰尘，她全然不顾，往常一点灰尘都揉不进眼里的她目光呆滞地望着眼前的红色灵兽石。十多年的努力，在这一刻，好像宣判了她的无期徒刑。

灵兽的重要性在神州大陆不言而喻。

她的眼里无光，再也没有原先的冰冷，甚至看起来有点呆滞。眼无波澜，她的心里却在痛苦地呐喊。

可是，她又必须接受这个残忍的事实。

在她的脚下，还躺着她的灵兽熊猫。

它头圆尾短，头部和身体的毛色绝大部分黑白分明，头顶上还有两只黑茸茸的耳朵。怎么看都像是一个宠物，而不像灵兽。这副可爱的模样让人难以接受。

它的耳朵竖立着，似乎正在听大家说些什么，圆圆的头靠在有点胖胖的腿上，睡觉的样子看起来憨憨的，忠厚老实，一点凶相也没有。

她也曾幻想过自己会得到一只什么灵兽，只是从来没有想过自己会得到一只零星的灵兽。零星就意味着毫无战斗力。

她越是平静，陆远就越是难受。

陆远叹息了一声，缓步走过来安慰她道："孩子，没事。"

刚才还很坚强的陆子馨此刻却再也压抑不了内心的委屈，失声痛哭出来。

陆夫人走过来抱着她的头，她轻轻抚摸着孩子的脑袋，以示安慰。

她努力这么多年为的是什么？

她比所有的陆家弟子都要努力，为什么？

她不服，她真的不服。对了，她还有希望，这个希望就是她的父亲，无所不能的父亲。

"爹，我还可以孵化其他灵兽吗？"她充满期待地望着陆远，这位从小到大她闯祸都可以替她解决的人。

可是这次，他却选择了摇头。

"不可以。"父亲陆远驳斥道："一个人只能有一只灵兽，而且你和灵兽已经签约了，这是灵魂契约，不可儿戏。"见到女儿如此伤心，父亲又安慰道："孩子，不要气馁，灵兽不是唯一的实力证明，你也可以依靠自己。"

"爹，我想一个人静一静。"遭到巨大打击的陆子馨此刻再也说不出话来，她低头看了一眼自己的灵兽，用力叫了几次方才叫醒。她极不情愿地带着它一起来到后山父亲早就给她安排好的密室。

一路上，她高昂着头，步伐轻快。许多仆人和弟子向她问好，她也装作没有听见，只顾着向前走。绝望的泪水在心里流淌，老天爷为什么对自己这么残忍？

心里一直在克制着自己的委屈。她反复问：为什么，为什么要这么对我？不公平，老天爷你太不公平了。父亲明明给了我聚灵石，可是为什么还会孵化出零星的灵兽，这不是捉弄人吗？什么狗屁灵兽，什么狗屁聚灵石，本小姐真的好生气。

当她一个人带着熊猫来到密室之后，生气地带上门，坐在石凳上，她不知道该如何宽慰自己。

刚刚走进密室，跟着一路过来的熊猫倒头就在地上睡了过去。

在路上走的时候，她就发现这家伙一直半眯着眼。

在神州大陆，灵兽成长的速度很快，和人签订契约的灵兽被孵化出来之后已经相当于有了两岁生命。但是一般人和灵兽完全融合需要三年时间，这也是为什么所有孵化出灵兽的人都要和灵兽一起修炼三年的原因。

三年后，主人和灵兽就能达到完美融合。

看着自己的灵兽，陆子馨抽出随身佩戴的剑，寒光闪过，凌空舞剑。

她在这狭小的空间内，发泄着自己的不满。

第一剑，怨天不公。

第二剑，心灰意冷。

第三剑，直指苍穹。

密室内的石壁被她的剑划出一道道剑痕，"嗤嗤"地响，不巧吵醒了正在睡觉憨厚老实的熊猫。

只见它缓慢地睁开慵懒的双眼，呆萌地望着眼前正在舞剑的陆子馨，挺直了身子，走过去拉着陆子馨的衣袖轻声道："主人，我饿了。"

它眼神真诚，充满期盼，那委屈的样子让人怜悯。

第二章　事实在前无奈接受
可爱呆萌撒娇蠢笨

这家伙撒娇的样子让陆子馨很无奈，忙低头将剑收回剑鞘，小心翼翼地将其放在一边之后，又上下打量了它一番。

只是这小家伙在说自己饿了之后，陆子馨也觉腹中饥饿，感觉肚子空空的，早上起来练剑就一直未进食物，现在已到晌午时分，难怪会觉得难受。

在密室外，管家陆明早就安排了仆人在此全天候着，一旦大小姐有任何指示，立刻听从。

刚才进来的时候陆子馨就发现了门口的两个仆人，她轻轻推开门，吩咐仆人多送一点吃的过来，然后她顺着密室外面的石板路，带着那个黑白相间的小家伙一起来到峰顶，这里风有点大，吹得她头发飞扬。两人在石凳上坐下，开始打量彼此。

那小家伙呆萌地望着她，傻傻的，不说话。

最终有点好奇的她还是忍不住开口道："小家伙，你有什么本事？"

这小家伙看起来憨憨的，却能听懂她说话。托着那可爱的下巴思索了一会儿，又抬头望了望天，随后似懂非懂地指着自己那张小嘴。

不知道为什么,这家伙指着自己嘴的时候看起来很滑稽。

"吃?"她惊讶地望着它。

呆萌的小熊猫微笑着点点头,翘起了自己的大拇指,示意主人很聪明。

"还会什么?"她有点失落,却并没有因此而生气。

呆萌的小熊猫摸了摸下巴,想了想,又指着自己那肥白肥白的屁股。

"这是什么?"她有点好奇。

"屁股。"呆萌的小熊猫嘿嘿傻笑着,望着眼前的主人。感觉好像是在嘲笑主人。

陆子馨捂脸无语,这家伙到底是什么货色?不过她却一点好奇心也没有了。

少顷,仆人将食物送上来,按照她刚才的吩咐,比往常多了一倍。从饭菜的量看,这至少是5个人的食量。

仆人们很了解大小姐的脾气,没有人敢得罪她。所以宁愿多做一点,也不愿犯错。大小姐一旦不高兴,就免不了挨揍受罚。况且几乎所有陆家的人都知道她今天心情不好。

可是这些食物刚刚端上来,那只呆萌的小熊猫一口就吃下去一盘菜,不仅不客气,还没有打算给她留一点。

还真是能吃。

她从小就争强好胜，对此自然也有点不服气。

好不容易才从这个"吃货"手里夺到一点食物，反而它还露出一副很不情愿的样子，更是激发了陆子馨的欲望。她下手的速度也跟着越来越快。

她还是第一次和别人这样抢食物，不过这感觉还真不错。稍不留神，就又被熊猫抢了过去。

它的吃相一点也不优雅，很粗鲁，没办法，她也只有跟着粗鲁起来。

若是被其他人看见，估计没有人相信这就是他们眼中的大小姐。

熊猫吃饱之后，坐在石凳上，撑着胀鼓鼓的肚子，看起来就像是一个即将临产的孕妇，眼神里充满了满足。

看起来有点可笑，又有点可恶。

"你太弱了。"陆子馨开口抱怨道："零星，一点战斗力都没有。"

熊猫耷拉着脑袋道："主人，我们虽然实力弱，但是我们还是要有梦想。就算是咸鱼，我们也要做最咸的那一条。"

"可我们还是咸鱼。"陆子馨一脸冰霜。

"但是主人，我们有唯一不用努力就可以得来的年龄啊。"

熊猫黑圆圆的眼睛盯着女主人愣愣出神。

陆子馨彻底服了这家伙的乐观精神。

她没有再理会它。熊猫挪动了下自己的身子,慵懒地将身体靠在陆子馨修长的细腿上,撒娇道:"主人,你看我这么能吃,若是以后变胖了你会不会不要我?"

陆子馨嫌弃地望它一眼,语气冰冷道:"会。"

呆萌的熊猫满脸无辜地望着陆子馨,傻乎乎地说道:"可是主人,不吃饱又没有力气减肥,好矛盾哦。"

陆子馨白了它一眼,这家伙是上天派来的傻缺吗?

两人就这样聊着天,半炷香的时间不到,熊猫就躺在陆子馨的怀里睡着了。

还真能睡。她将它的头轻轻放在地上,生怕惊醒了它。通过刚才短暂的接触,她对它多了点认可。以前她都是自己一个人,不太愿意和别人说话,对下人也是颐指气使,这个呆萌的熊猫给了她一点朋友的感觉。

可能和两人之间有灵契相关,心中产生了某种特殊的羁绊。

她也算是默默接受了这只灵兽,既然不可以改变,那为什么不去接受?与其怨天尤人,还不如奋起直追。她就不信,她陆子馨天资聪颖,还比不过那些不入流的弟子。

不过熊猫那家伙除了呆萌、能吃,好像真的一无是处。

自从陆子馨离开广场之后,陆远就一直在担心着自己的宝贝女儿。

他当时知道女儿需要一个安静的空间来发泄自己的不满,因此才没有一路跟来,也想趁此机会,去寻找一些答案。

等悄悄目送陆子馨回到后山之后,他就迫切地来到了陆家藏书阁。这里记载着几乎所有神州大陆的灵兽资料。他需要一个解释,对熊猫的解释,对自己疑惑的解释。按照常理,灵力越强的人,孵化的灵兽星级应该越高才对,更何况陆子馨还有聚灵石的帮助。

不过让陆远失望的是藏书阁里对熊猫一点记载也没有。他翻了个遍,也没有找到。藏书阁里记载的都是一星以上的灵兽,对于零星没有记载也很正常。

他不敢在藏书阁待太久,他还有更重要的事情要去做。

他的宝贝女儿一向骄傲蛮横,遭到如此打击,谁也不敢保证她会不会发大小姐脾气亲手杀掉灵兽。

要知道,主人和灵兽之间是有契约的,一旦主人亲自动手杀死灵兽,必然会遭到天谴,引来天罚,到时候将会万劫不复。

他生怕陆子馨做出这样的事情,从藏书阁一出来,他立马让陆明去通知夫人,一起去密室探望陆子馨。

陆家一共有8座山峰，其中主峰就是陆子馨所在的陆嘴峰。这个峰像人的嘴巴张开一样，中间有一条秘径，这里也是陆家所有"子"字辈弟子修炼的地方。

主峰顶建有密室，所有的弟子只有通过秘径才能够到密室，沿路都有人看守。只有家主和陆子馨才有资格到峰顶。这里是最适合修炼的地方，仙气萦绕，树木茂盛，灵气环绕于四周，源源不断。

这一路，陆远和夫人一起坐在灵兽"飞天龙"身上，径直到达峰顶。

两人从飞天龙身上下来后，立即快步走到女儿门外。夫人朱芯轻轻叩响了女儿的门。

"不是叫你们没有我的允许不要来烦我吗？是不是本小姐不生气你们就不知道我的厉害了？"里面传来一位少女的怒吼。从声音中可以听出此人的烦躁不安。

陆远和妻子朱芯会心一笑，这刁蛮任性的女儿啊，还真是不好伺候，也不知道以后哪个男人消受得了。

"子馨，是娘，我和你爹一起来看你了。"朱芯又叩了几声，里面过了许久才传来声音道："爹娘，你们等一等。"

少顷，陆子馨打开了门："爹娘，你们过来干什么？"

"爹和娘担心你，过来看看，"朱芯牵着她的手走了进去，在石凳上坐下来道："娘知道你喜欢争强好胜，对这次的灵兽也不满意，但是孩子，有时候这就是命，知不知道？你心里有什么苦楚可以对娘说，天塌下来了，都有爹娘替你担着呢。"

陆子馨鼻子酸酸的，努力挤出笑容道："娘，我没事，你和爹放心吧，我心里也没有苦。"

朱芯叹气道："你的小心思难道为娘还不清楚？从小你就骄纵，这次对你未尝不是一件好事，为娘希望你不管遇到什么困难，都要坦然面对，毕竟你也是一位大姑娘了。"

陆子馨低着头道："娘，我知道。"

陆远往前走了两步，让管家陆明将他心爱的玄铁剑递给他。接过剑，他递给陆子馨道："孩子，爹知道你一直很喜欢它，今天我就将它送给你。另外，不是所有人都要依靠灵兽才能够成长，爹这里有一本《东来心诀》，你好好修炼，有什么不懂的尽管来问爹。"

陆子馨接过玄铁剑和《东来心诀》，就像是获得至宝一样，努力挤出笑容道："谢谢爹娘，你们放心吧，我知道该怎么做。"

父亲的实力和三星灵兽不相上下，父亲修炼的也是这本《东来心诀》。如今有了这本《东来心诀》，陆子馨相信自己至少也比那些拥有三星灵兽的弟子强。

朱芯见到女儿露出了久违的笑容，抚摸着她的头顶说：

"孩子,明天是你爹的生日,族里所有人都要参加,还有不少外族的人也要来,到时候你可千万别像上次一样迟到。老是耍大小姐脾气可不行,过不了几年啊,我们子馨就要嫁人了。"

"娘!"陆子馨羞红着脸低声道,"你们快走吧,我要开始修炼了。"

朱芯和陆远起身走了出去,朱芯心疼道:"真是苦了她了,一个女孩子。"陆远道:"谁叫她是我陆远的女儿呢。"

陆子馨陪爹娘走到密室门口,爹娘又反复叮嘱了几句。

她返回来的时候熊猫还躺在床上,鼻子发出小小的呼噜声。

她将父亲给自己的《东来心诀》保存好,将玄铁剑从剑鞘中抽了出来,一阵寒光闪过,好凌厉的剑光,真不愧是用东海玄铁锻造的剑。

她轻轻一挑一刺,就将眼前的巨石穿破了。

翌日清晨,薄雾退去,第一缕阳光冲破云层,映照在大地。

万物初醒,陆子馨早早起了床,熊猫还躺在床上睡觉。她只有叹息着一个人往陆家大厅走去。况且她本来就不想带上熊猫一起参加。

陆远和朱芯见她一个人前来,也没问她缘由,让陆子馨在陆远右手边的位置坐下。

陆子羽紧邻着陆子馨的位置。

陆子羽来得比陆子馨早，他向陆子馨问好道："大小姐好。"

陆子馨对陆子羽一点好感也没有，陆子羽的眼睛带有寒光，这样的人给人的感觉有点不自在。至于为何父亲喜欢他，陆子馨一直没搞明白。

她轻轻别过头去，没有搭理陆子羽。在她的眼里，陆子羽就是和"猫狗"同类，这种人能够从旁系到内系，完全仰仗了父亲的一句话。这样的人无事献殷勤，绝对没什么好事。

但是让陆子馨没有想到的是，陆家弟子议论她的声音越来越多。这些议论的话她听得清清楚楚，当着宾客的面，她再刁蛮，也不好发作。

这些人看她的眼神也从以前的高不可攀变得有点瞧不起，在这些人的面前，她就像哗众取宠的小丑。

陆子馨听到了，陆子羽自然也听到了。

他恼羞成怒地走到其他弟子身前，指着叽叽喳喳的人群道："你们胆敢再说大小姐一句坏话，可别怪我翻脸不认人。"

这些弟子都有点忌惮陆子羽，不敢发作，只好在那边聊其他话题。而且陆远也已经注意到他们了，家主轻轻动个手指就可以将几人挫骨扬灰。

"这对狗男女，看你们还能嚣张多久？"几个弟子不满地唾了口唾沫，却不敢让陆子羽和陆子馨看见。

陆家是天谕镇的第一大家族，在天谕镇的影响力很大，而且陆家不仅在天谕镇有威望，还和周围其他镇的家族间也有来往，前来祝寿的人络绎不绝，陆家大厅都聚满了人。

除了管家陆明，没有人能够认全。

陆远见时间差不多了，其他几大家族的族长也来齐了，朗声道："各位，今天是我陆远生日，谢谢各位前来捧场，在这里先谢谢各位了。另外我们陆家在天谕镇是第一大家族，请天谕镇的人放心，凡是天谕镇的人，我们陆家都会拼命保护。"

"陆家万岁！陆家万岁！"所有陆家的弟子大声欢呼起来。

话音未落，天谕镇的大商人张剑上前抱拳道："陆远族长，你也知道我们丝绸生意要四处经营，在路上经常会遇见妖兽。以往这些妖兽都不会主动攻击我们，但是不知道为什么，现在这些妖兽开始主动攻击我们，每次死伤的人都不在少数。今天想借此机会，恳请族长专门安排一人护我周全，至于价钱，族长你金口随便开个价。"

陆远摇了摇头，道："张大商人，我们陆家的弟子保护天谕镇，却不是哪个人的私人保镖！"

张剑脸上有点挂不住，强自继续道："陆远族长，此话怎讲？"

陆远冷笑道："我陆家弟子修炼并不是为了个人的一己私利，你可知道？今天我言尽于此。"

"好！"陆家子弟大声欢呼。

张剑怒声道："既然陆远族长不愿帮助我张剑，那我们换一个地方便是。只是我们张家每年为天谕镇贡献的钱可不在少数。"

"滚！"陆远气得大声喝道，飞天龙应声飞出，盘旋在陆家上空，张剑也感到了害怕。他立马说了声"告辞"，跌跌撞撞地滚下山去了。

陆远肃然道："陆家子弟听令，凡我陆家子弟，绝不能为商人所用，我们修炼是为了壮大陆家，而不是为了一些蝇头小利。诸位子弟切记，若谁敢违背我今日所言，必将诛之。"

"诺！"陆家弟子齐声道。

这时，陆远起身走到后山，吩咐陆明安排下人将宾客安顿好，他和另外几个大家族的族长一起来到后山密谈。每年逢陆远过生，其他族的几位族长都要前来祝寿，顺便在一起讨论如何壮大自身势力。

其中四位族长都是五星灵兽，在神州大陆上实力可不弱，普通家族根本没办法比，另外几位族长和神州御灵师最多的东来镇也有往来，家族实力也都不可小觑。

陆子羽想上前去讨好陆子馨,可是陆子馨在那边板着脸,还没说上两句话,就和她母亲一起到后院去了。陆子羽自嘲地冷笑两声,然后和其他家族的弟子切磋去了。

晌午时分,差不多到了开饭时间,陆明惊慌失措地走到后山,向陆远禀报道:"族长,大事不好了。"

陆远停止了密谈,走过来问:"怎么回事?当着外人的面,慌慌张张的成何体统。"

陆明缓了口气道:"族长,厨房的东西被人给偷吃了,连那些铁具也被吃了。"

"什么?"陆远厉声道:"立刻派人彻查,不管是谁,拿来问罪。"

陆明低声道:"族长,据厨房的人说偷吃东西的是大小姐的灵兽熊猫,要不然我也不会这么慌张地前来问你怎么处理。"

"子馨知道吗?"陆远悄声问,脸色也变得缓和些许。

"大小姐现在还暂时不知。"陆明补充道:"大小姐和夫人正在后院赏花。"

"此事先不要声张,令人抓紧安排午饭,另外那只熊猫现在何处?"陆远问。

"已经回密室去了。"陆明道。

"等下我会去处理。"陆远道:"你立马让厨房的人重新着手准备,有没有人受伤?"

"有一个厨子受了点轻伤,无碍。"陆明回答。

"那先安排,其他事情稍后再议。"

陆远笑着走回几人中间,赔笑道:"不好意思,族里一点小事,让各位笑话了。"

此时,陆子馨正和母亲两人在后院赏樱花,不料陆子羽却冲进来道:"子馨,你的灵兽闯大祸了,在厨房把给客人准备的东西全部偷来吃了,而且还将整个厨房闹得天翻地覆,现在不知道跑到什么地方去了。"

陆子馨半信半疑道:"那只笨熊还能搞出这样的事情?"

陆子羽紧张道:"你赶紧过去看看吧,大家都在闹呢。"

陆子馨立马对陆子羽道:"快带我过去。"

第三章　闯祸大王呆萌笨熊
　　　　焚琴煮鹤略施惩戒

朱芯本想跟着两人一同前往，但被陆子馨拒绝了。她不希望母亲为自己担心。

陆子羽脚下生风，步伐很快，陆子馨的灵气要更盛一点，跟着走一点也没有感觉到吃力。两人沿途都见到了不少厨房的铁具，这些铁具都有被咬过的痕迹。在铁具的旁边，还散落着包子米饭以及一些其他的山珍海味。

有下人正在打扫，嘴里反复念叨，可惜了！可惜了！

见到这糟糕的场面，陆子馨当下再也没有怀疑了，心想那只笨熊还真是可以，连铁具都可以吞进肚子里，还真是不挑食。

陆子馨催促陆子羽加快，两人快到厨房的时候，就见地上一片狼藉。

陆子馨索性加快步伐，再也不跟着陆子羽，率先来到了厨房。

陆子羽见大小姐心情糟糕，紧紧地跟随在大小姐身后不敢懈怠。

"这些都是它所为？"陆子馨指着杯盘狼藉的厨房问道。

下人们垂首不敢吱声。

陆子羽走上前去大声道:"大小姐问你们话呢,都哑了吗?还不快如实禀报,不然一人免不了挨几十板子。"

负责厨房的下人这才诚惶诚恐地站出来道:"大小姐,这一切确实是你的灵兽所为,当时它来厨房找吃的,我们以为它随便吃一点就行,谁知道它不仅吃了一半的食物,还将整个厨房破坏成现在这样。"

这个人说话的时候一直低着头,偶尔抬头瞥一眼陆子馨。显然是有点忌惮大小姐。

"你们没有阻止它?"陆子馨生气地问道。

"我们都知道是大小姐您的灵兽,不敢。"负责厨房的下人唯唯诺诺道。

"放屁!"陆子馨骂道:"那你们就让他胡作非为?来人啊,给我拉下去打50大板。"

还好陆明及时赶到,劝说道:"大小姐,这不能打!现在还要他们下厨呢,客人都等不及了。"

陆子羽在一边有点不服气地反驳道:"大小姐的话就是家主的话。"

陆明皱眉向陆子馨解释道:"刚才已经给家主汇报过了,家主也是让下人赶紧安排。大小姐,今天这么重要的日子,你也不希望陆家出丑吧？"

陆子馨摆手道："好了好了，今天姑且放你们一马，但是它若下次再来偷吃，你们定要阻拦，听见没有？"

众人齐声道："诺！"

见到他们又开始忙碌起来，自己在这边只会添乱，陆子馨就拂袖离开了厨房。

留下陆子羽和陆明两人站在那边，陆明有点生气地问陆子羽为何要将这件事情告诉陆子馨。陆子羽说他当时看到了熊猫正在捣乱，也没有其他办法，想着大小姐来了才能收拾局面。

陆明也不好多说什么，只是他看到大小姐的背影觉得有点沉重。

骄纵的大小姐这一跤摔得可不轻。

这一路上陆子馨思绪万千，那只熊猫她不讨厌，甚至还有点喜欢，那种憨憨的可爱让人爱不释手。但是它很弱，又给自己闯了祸，这让她有点难以接受。

没有谁不知道她有一只零星的灵兽，这对她的打击已经够大了，现在更雪上加霜的是这只灵兽还是一个闯祸大王。她叹了叹气，人还是要勇敢地面对这一切，就像熊猫说的那样，就算是咸鱼，也要做最咸的那一条。

回到密室一看,门敞开着,阳光透过石缝照射进来,那只慵懒的熊猫正撑着自己那胀鼓鼓的肚子躺在床上痴痴地睡觉。

那黑圆的眼睛紧紧地闭着,那憨憨的样子又有点小可爱,让你不忍心责罚它。

"这家伙还真是能吃能睡。"

陆子馨缓步走了过去,想到这家伙以后还有可能会给自己添乱,她一个"板栗"敲在熊猫的脑袋上,厉声道:"起来,快点给我滚起来!"

熊猫吃痛地睁开双眼,右手捂着刚才被陆子馨敲打的地方,委屈道:"主人,你为什么打我?我这么聪明,要是被打笨了怎么办?我这么可爱,要是被打丑了怎么办?"

陆子馨没好气地又一个"板栗"敲了下去,指着它那圆鼓鼓的肚子道:"为什么打你?你自己说刚才去厨房干了些什么?我有允许你去吗?"

熊猫坐在床边,无辜地将脸缩成一团,看起来更加圆润可爱:"主人,我肚子疼。"

它突然趴倒在地,原地打滚,像一个圆球一样,滚来滚去,双手还捂着肚子。

陆子馨有点着急,上前关心道:"怎么会疼?我刚才又没打你肚子。"

熊猫停止了打滚,抬头傻乎乎地望着陆子馨道:"主人,我饿疼了。"

陆子馨目瞪口呆,这家伙上辈子是饿死的吗?

又一个"板栗"赏在了熊猫的脑袋上。

熊猫无辜地坐在地上,陆子馨大声斥责道:"站起来,立刻,马上。"

熊猫将双手抱在一起,委屈地低着头,刚才的笑话似乎一点效果也没有。

"以后饿了就饿着,不许到处去吃东西,听见没有?"陆子馨生气地叉腰道。

"没有。"熊猫小声道。

陆子馨伸手去揪着它的耳朵,大声问道:"这次听见没有?"

"疼!疼!疼!"熊猫想要挣脱陆子馨的手,可是越挣扎,就越紧。

"今天罚你面壁思过,不允许吃东西,听见没有?"陆子馨放下手,在熊猫那肥嘟嘟的脸上用力捏了一下,丝毫不理会那无辜的表情。

一犯错这家伙就卖萌撒娇,陆子馨开始有点不吃这一套了。

不过话说回来,这家伙撒娇的时候,还真是呆萌啊。

"主人，什么是面壁思过？"熊猫眨眨眼，不解地望着陆子馨。嘟着那可爱的小嘴，看起来可爱至极。

陆子馨生气地在它那黑色的脑袋上又敲了一下，声音比刚才大了两分："面壁思过就是面对墙壁思考自己犯下的错误，不允许睡觉、说话、吃东西。"

熊猫无奈地走到墙壁边，站立着身子，挠挠头，委屈道："主人，是这样吗？"

陆子馨看着那肥白肥白的屁股和那撑饱了的肚子，忽然觉得好笑，假装严肃道："差不多就是这样。"

熊猫无辜地扭过头，央求道："主人，可不可以少罚一点，你看我要是站得太久，都不可爱了，还会导致屁股下垂，以后长大了没有现在可爱了怎么办？"

陆子馨叉着腰严厉道："不行！"

熊猫失落地垂下头，像个犯了错误的孩子咕哝道："主人，要是我下次又犯错了怎么办？"

陆子馨走过去，一脚踹在熊猫那肥白的屁股上："下次，你还胆敢说下次。"

这一下没用上力，熊猫却倒在地上大声叫道："疼，好疼！"

陆子馨又好气又好笑，说道："马上给我站起来，否则罚你3天不许吃饭。"

熊猫立刻乖乖地从地上站起来，面对着墙壁耷拉着脑袋憋屈道："主人，没有下次了，我再也不敢了。"

陆子馨叹气道："你是零星灵兽，很弱，以后行走江湖还要我保护你，你又这么爱闯祸，唉，真不知道该怎么办才好。"

陆子馨失落地走回到床边坐了一会儿，喝了口水，然后带着玄铁剑就到陆嘴峰顶去了。昨天父亲将《东来心诀》给了她，她连夜开始研究，发现这《东来心诀》对自身灵气的周而复始帮助很大，她更是上心，巴不得每天不睡觉加以练习。

她虽说是陆家大小姐，也很骄纵蛮横，但是她的努力通常是那些普通弟子的10倍，甚至20倍。

修炼完了之后，见熊猫还在密室内站着，沉声道："不用站着了，本小姐已经原谅你了。"

可是熊猫一点反应也没有。

她心想难道这家伙认识错误这么深？自我悔改意识这么强？

她往前走了两步，隐约间听到传来的呼噜声。

我靠！

这家伙站着都能睡着？

果不其然，陆子馨走上前发现，这家伙还真的站着睡着了。

我的天啊！

她算是彻底服了这只除了吃就是睡的熊猫了。

而且还特会卖萌，装可爱，真的是百年难遇。

想着那可爱的样子，陆子馨脑海中灵光一闪，索性就给它取了一个名字"滚滚"。看起来呆呆的萌萌的又调皮又很可爱又爱打滚的滚滚。

既然这家伙睡着了，陆子馨也难得理会，沐浴更衣后，也觉身子乏了，准备躺下休息。

刚歇息下，下人就敲门说，大小姐，老爷让你过去用膳了。

听到用膳二字，熊猫立即睁开那黑不溜秋的两个眼珠子，转过头使劲朝陆子馨眨眼，暗示自己要一同前往。

陆子馨别过头，假装没有看见它，回复下人道："我马上过去。"

"走吧，滚滚。"

陆子馨带上玄铁剑，径直走出了门，在门口回头望了熊猫一眼。

熊猫左右张望了一下，随后用手指着自己，神色激动地望着陆子馨。

陆子馨点点头："从今天起，你就叫滚滚了，以后滚滚就是你，你就是滚滚。"

滚滚兴奋地走上前去，屁颠屁颠地跟在陆子馨的身后，渐渐闻到陆子馨身上传来的淡淡幽香，觉得这种香味有点清香又不馥郁，淡淡的很好闻。

它其实很喜欢自己这位主人，只是她老是一副嫌弃自己的表情，让滚滚很是无奈。

不过这种复杂的事情不用解决，也不用去想，这才是熊猫的一贯作风。

它的人生信条就是吃了睡，睡了吃，没事卖卖萌，撒撒娇，至于打架，那都是人类的事情，自己只需要吃得饱睡得好就万事大吉。

今天陆家上下还有其他家族的人一共来了几千人，整个陆家广场都摆满了桌子，比往年更为热闹。近些年，陆家不断扩张自己的势力，影响越来越广。而且陆远此人颇有手段，可以说陆家的发展和他有着很大的关系。

陆远和其他家族的族长坐在一起，临近的就是"辰"字辈的陆家翘楚，陆子羽和陆子馨两人被安排在了"辰"字辈一桌。

陆子馨的位置靠着陆子羽，也不知道为什么，陆子馨一直有点厌恶陆子羽，从心眼里就瞧不起这样的人。有可能是出身，也有可能是陆子羽的眼睛里面老是透着寒光，让人感觉非常不舒服。

但是位置的安排她只有选择接受，当着这么多人的面她可不敢反驳父亲。从她坐下的时候起，陆子羽就一直在献殷勤，她却始终在冷淡回应。

对于陆子馨的冷漠，陆子羽心里恨得咬牙，可是他却不敢表露出来，依然主动上前去讨好陆子馨。但越是这样，陆子馨就越是反感。

吃过饭后，陆远让所有陆家弟子留了下来，他有重大的事情要宣布。

所有弟子都很期待家主的发言，每年家主都会带给大家惊喜。

陆远高声告诉所有陆家弟子，陆家现在已和其他几大家族联合在了一起，每个家族每年能够送一位弟子去东来镇修炼。东来镇是御灵师的天堂，神州大陆上御灵师的聚集地。今年认领了灵兽的弟子须3年后才可以参加，今年会先派陆辰峰去东来镇。陆辰峰的灵兽是家族第二只五星灵兽毒蜘蛛，此事自然没有人有异议。

修炼不易，陆远告诫各位弟子回去后务必潜心修炼，不要延误。近两年，陆家开始大范围地扩张势力，陆家弟子都要竭心尽力，不可懈怠。

事后，陆远将陆子馨单独留了下来，他告诉陆子馨不要放弃和熊猫一起修炼，灵兽天生就对天地灵气有感悟，最好能够借用灵兽的力量一起感受天地变化。

陆子馨简直不敢想象和那只贪吃贪睡的熊猫在一起修炼，心想这还不如干脆杀了自己。不过父亲的话她还是记在了心上，告别了父亲后，她来到密室发现熊猫正在床上酣睡。

刚才这家伙吃饱了之后就说自己要先走，一桌子的东西就它一个人吃了一大半，其他人都没怎么动手。

陆子馨也已经渐渐习惯了，不过亲眼见到熊猫这么能吃，其余的陆家弟子还是很惊讶。

也不知道这家伙去了什么地方，床都被它弄得湿漉漉的，地上到处都是泥土。

她已经对这只呆萌邋遢的熊猫近乎绝望了。

但是父亲的话还是萦绕在她耳边。她还是想尝试一起修炼，看看灵兽到底有什么不一样的地方。之前她也能感受一些天地间的变化，不过灵气都很薄弱，这两天光顾着抱怨去了，也没有怎么感悟，索性明日就带这只"滚滚"去感受一下。

今天陆子馨也有点困乏了，她让下人再给她安排了另外一张床在密室，躺在床上不知不觉就睡着了。

第二天清晨，东方渐渐翻起了鱼肚白，陆子馨刚推开密室的门，下人就送了早餐上门。下人们知道滚滚的食量之后，分量也比以前足了很多。

陆子馨想起昨天父亲说的话,又知道滚滚那家伙很懒,将早餐端到还在睡觉的那家伙鼻尖,大声叫道:"滚滚,起来吃饭了。"

这家伙对美食的嗅觉灵敏,闻到了美食后,立马睁开那双黑圆的眼睛,双手抢过陆子馨手里的美食,狼吞虎咽吃完之后,楚楚可怜地张口哀求道:"主人,我还要。"

见这家伙上钩,陆子馨有种奸计得逞的感觉,微笑道:"想要吃的,也不是不可以,但是你要先陪我修炼。"

"修炼?"滚滚抬头傻眼地望着眼前的美女主人,问道:"主人,什么是修炼?"

陆子馨痛苦地瞪大眼睛,这家伙竟然连修炼都不知道。

不过为了满足自己的好奇心,陆子馨还是慢慢解释道:"修炼就是你和我一起感受天地灵气,和我一起学会聚集天地灵气,提升自己实力。"

滚滚拖着肥胖的身子和陆子馨一起来到密室外的陆嘴峰顶,这里聚集了整个陆家最为旺盛的天地灵气。

"坐下。"陆子馨让滚滚在一空地处坐下,她也在旁边坐下后,开始指挥滚滚道:"紧紧闭眼,和我一起感受天地灵气,我们两人间已有灵契,感受灵气应该是相通的。只要我能感受到的,你肯定也能感受到。"

滚滚闭眼后,尝试着和陆子馨一起感受天地灵气,可是半炷香的时间过去了,两人之间也没有什么进展。

不知不觉滚滚就昏昏欲睡。

等陆子馨在那边感受完了之后,才发现它已经倒在地上睡着了。

"还真是不挑地方啊。"陆子馨无奈地望着地上的灵兽,默默地开始自己练剑。

心里暗忖看来靠这只熊猫是不行了,以后只有靠自己了。

半晌,滚滚才醒了过来,看到陆子馨在那边刻苦修炼,它突兀地开口问道:"主人,我们是不是很弱啊?"

陆子馨点头道:"主要是有你这个拖油瓶。"

滚滚傻乎乎地道:"那主人,我们都这么弱了,修炼有什么用呢?"

陆子馨恨不得有把刀插在自己胸口:"正是因为我们弱,才更要努力修炼啊。"

滚滚那黑圆黑圆的眼睛微微一笑:"主人,是不是即使输在了起点,至少我们还有拐点。"

陆子馨恨不得一拳打在这家伙的脑门上。

她根本连拐点在哪儿都没有看见。

第四章 《东来心诀》小有所成
一试身手初显神威

有了上一次失败的经验，陆子馨也不气馁，依然日复一日地用美食诱惑滚滚一起修炼，感受天地灵气。

一年的时间过去了，两人之间也没有什么进展。连陆远也对滚滚绝望了。

零星的灵兽看来只可以当宠物养着，其他一无是处。陆远摇头叹气。

可是陆远又不能将自己内心真实的想法告诉陆子馨，每次和她碰面都是在鼓励她。其实他一直都在暗地里观察着陆子馨和滚滚，滚滚的表现让他很失望。

唯一让陆远感觉到骄傲的就是陆子馨天赋很高，《东来心诀》也已修炼了一半，小有所成。依照现在陆远的判断，两星的灵兽陆子馨也能勉强应付过来。

这一年，陆家也发生了一些变化。

陆子羽的触地兽开始崭露头角，能够带着他穿地而行，而且触地兽的尾巴极其厉害。这触地兽虽说是四星，可是破坏力却能和五星的灵兽媲美，陆远对陆子羽也很重视，亲自调教，并且还传授了许多心法口诀给他。

像他这样的穷苦孩子一朝得势，在一些不如自己的人面前，往往表现得非常抢眼，但在陆远面前，他更是低调谦逊，让陆远对他也有几分喜欢。

听到别人灵兽的事情和进展，大小姐只有摇头叹气，自己的这只灵兽别说修炼了，连一点进展也没有。不过滚滚却是她的开心果，不开心的时候和它待在一起，心情都要好很多。

"东来心诀"经过大小姐的演变，变得更为厉害。通过陆远的指导和帮助，她将玄铁剑法和"东来心诀"结合在了一起，融合在一起之后威力大增，相辅相成。

至少提升了一倍的威力。

通过和几个一星灵兽的弟子切磋，陆子馨觉得自己精进很快，她准备今天晚上偷偷去找人试试身手。白天那些人知道她是大小姐，都不敢全力以赴，这次她准备蒙面偷偷潜入一星、二星弟子修炼的地方，试试自己的玄铁剑法和"东来心诀"。

半夜时分，万籁寂静，修炼的弟子们此时大多数都已入睡。

一身黑衣的陆子馨在皎洁的月光下穿行，她蒙着脸，还戴了一顶黑帽，头发也盘在了黑帽里，不让别人看出来她是女儿身。

她的身手敏捷，自从修炼了"东来心诀"之后，她的速度比以前更是快了不少。

一星、二星灵兽的弟子全部在陆嘴峰的峰底，这些弟子们修炼不能够跨越这个地方，弟子们没有飞行兽的必须通过密道才能够到峰顶。

密道有人看守，不过这个时间点看守的人早就蹲在地上睡着了，还打着呼噜。

陆子馨的动作很快，一晃眼，就从密道看守人的眼皮下穿了过去，躲在了草丛中。

"谁？"密道看守的弟子感觉有阵风吹过，握紧手里的武器，却不见人影。

又左右张望了片刻，独自摇摇头，他以为这是自己的错觉。

"没用的废物。"陆子馨骂了一句之后，沿着草丛往前走，一路上都在躲藏自己的身影。

她只想找两个一星弟子或者一个二星弟子试探下自己的实力，若是路上遇见太多，她的计划就泡汤了。

一旦泡汤，就没有下一次机会了。

她悄悄潜伏在一棵槐树上，这棵槐树已有千年，饱经风霜，也是陆嘴峰底历史最久灵气最密的地方。通常这里的陆家弟子比较多。

可是陆子馨在树上等了一炷香的时间，并未见有其他陆家弟子出现。

直至深夜的时候,才有两个陆家弟子从房间悄悄溜了出来。

其中一位看起来有点凶相的男子从身上掏出藏着的酒低声道:"子彬,这可是好东西,我好不容易弄来的上等女儿红,等下我们哥俩好好尝尝。"

另外一男子哈欠连天道:"嘿嘿,看起来还不错,我也让厨房给我多准备了一份鸭子。"说着,从草丛中找到一盘鸭子,然后得意地从中端了出来。

"走,去那边的岩洞,这里比较惹眼。"

两人肩并肩窃窃私语往不远处的岩洞走去。

"唉,子鹏,我可是听说子羽的触地兽已经可以带着他穿地而行了,一夜能行几十里路,确实厉害,而且听说那触地兽的尾巴也尤其厉害,还可以将大岩石击碎,真不愧是四星灵兽。"

"子彬,这你就不知道了吧。触地兽可是能够和五星灵兽媲美,我们的灵兽根本没法比。"

男子讪讪笑了笑,扔了两块肉给身边的血蝙蝠和擎天鹰。

"还不是命好。不过就算我们再差,也比大小姐强啊,大小姐命也好,可是运不好,灵兽是零星的,我们可都是二星灵兽,而且我还听说大小姐的灵兽啊每天除了吃就是睡。"

"嘿嘿，还是子彬你说得对。如果大小姐不是仗着家主，她哪有本事在峰顶，还不是家主惯着她。但是你别说，大小姐长得真是漂亮，就是平日里太凶太冷了，连陆子羽也经常被泼冷水。"

"别急，她嚣张不了多久。等家主退位后，看她还凭什么嚣张，如果她被家族抛弃，到时候我们兄弟俩说不定还可以好好地把她收入囊中，让她好生伺候咱们哥俩。"

"可恶！两个不学无术的家伙。"

陆子馨离两人并不远，将两人的话听得清清楚楚。

尽管两人是二星灵兽，可她还是没有压制住内心的怒火。

只见她从树上一跃而下，玄铁剑铿锵出鞘，将"东来心诀"提升到极致，这一招足以致命，她没有任何保留。

玄铁剑的寒光在黑夜中向两人袭去。

两人感觉身后好像有一阵冷风吹来，旋即警觉过来。

"谁？"两人扔掉手中的酒瓶，警惕地驱使灵兽应对。

血蝙蝠和擎天鹰同时张开凶狠的獠牙和利爪，齐向陆子馨扑来。

陆子馨暗道不好，刚才低估了两人的灵兽，这灵兽的灵气竟然这么强。

她将玄铁剑凌空一刺，目标正是那只看起来稍弱几分的血蝙蝠。

逐个击破，这是她的抉择。

可是那血蝙蝠暗知不好，往后躲闪了下。

陆子馨哪肯放弃，继而提剑直追，全然不顾一边的擎天鹰。

在这一眨眼工夫，那血蝙蝠狰狞一笑，从口中喷吐出毒物，这毒物呈墨绿色，看起来可不简单。

陆子馨不敢硬接，就地一点，借助玄铁剑凌厉的剑势，跃起一丈高，一剑斩向血蝙蝠。

她可不会留手。

可是这时，擎天鹰也已赶到，鹰爪在陆子馨的后背抓了一下，她的剑发生了偏移，只斩到血蝙蝠的翅膀。

"找死！"

背后承受剧烈的疼痛，陆子馨将血蝙蝠从空中击落之后，右肘又打中它的肚子，血蝙蝠受了重伤，倒地不起。

等她回头准备对付擎天鹰的时候，擎天鹰已经来了。

这一次那锋利的鹰嘴和鹰爪一起扑了上来，陆子馨的后背被抓出两道长长的伤口，疼得要命。

她喘息着，望着再次迎面扑过来的擎天鹰，"东来心诀"运用到极致。

她准备殊死一搏，给擎天鹰致命一击，让它再无反抗之力。

"来吧，该死的秃鹰！"

陆子馨紧咬下唇，已全然不顾后背的疼痛。

鹰爪很深，给她后背带来的伤口肯定不小。

但她不是轻易屈服的人。

她的眼神冰冷，让空中的擎天鹰也感到了一丝害怕。

"上！给我拿下他！"

刚才那两人命令空中的擎天鹰。

擎天鹰的利爪再次袭来，这一次，速度更快，身影更难捕捉。

可是修炼了"东来心诀"后的陆子馨对灵气的把握更是厉害，凌空一刺，和鹰爪刚好对上，鹰爪有灵气保护，玄铁剑并未穿透。

但就在这时，刚才倒地不起的血蝙蝠突然睁开那双半闭着的腥红眼，嘴角冷冷一笑。

它从地上飞了起来，朝陆子馨喷了一口毒物。

陆子馨感觉到身后灵气波动，转身一看竟是那刚才的血蝙蝠。

心中大惊，却也并不慌乱，可她只有选择避开。

此时已晚了一步，右臂还是中招了，火辣辣的疼。

她的面纱这时也不小心脱落了。

"该死！"陆子馨将面纱重新戴上，恨不得将眼前两人千刀万剐。

看来一个人对付两个二星灵兽还真是颇感吃力啊。

"那就让你们尝尝我的厉害吧！"

陆子馨本来还想再试探一下自己的实力，吃了亏之后，她不再有任何的隐藏。

全力一击！

站在地上的两男子也感觉到了压力，立即召回擎天鹰和血蝙蝠，一起逃离了这里。

这突如其来的变故让陆子馨还未缓过神来，两人就已经逃远了。

"可恶！竟然让他们给跑了！"陆子馨恨得咬牙道。

逃走后的两人一路都在跑，没有停留。

慌乱中陆子彬问陆子鹏："你确定是大小姐？"

陆子鹏喘气道："千真万确。"

陆子彬担忧道："那怎么办？我们刚才……"

陆子鹏安慰道："不要怕，大小姐也是蒙了面，不会再为难我们，而且你看到那把剑没有，是家主的玄铁剑。前段时间我听说家主赠送给了大小姐，没想到还确有此事。"

陆子彬这才宽心道："那就好！刚才好险！"

"是啊。"

两人躲到了很远的地方。

陆子馨也身受重伤，没有继续往前追，刚才在战斗中还不觉疼，此时却是疼得要命。

她回到密室的时候，滚滚还惬意地躺在床上睡觉，想到别人的灵兽如此厉害，陆子馨叹息了一声，心里觉得憋屈：如果自己的灵兽也那么厉害，自己干嘛要这样拼命。那两个废物看起来完全就是依仗了他们的灵兽，才可以把自己伤成这样。

不过有了这次的试探，也让她对修炼更加充满了信心。

她这几天受伤都没有停止修炼，滚滚还是和以往一样撒娇卖萌吃吃睡睡。

不过她也懒得管，偶尔和它在一起的时候还是挺开心的，滚滚就是一个开心果。

陆远也在暗中一直观察着陆子馨的一举一动，见女儿对修炼不曾懈怠，也就安心下来。他最怕的就是她放弃，一旦放弃，依照陆子馨的脾气只会越来越糟糕。

陆子羽的表现越来越优秀，在"子"字辈中崭露锋芒，位列第一。

陆家分为了"大""辰""子""立"四辈。陆子羽和陆子馨就属于第三辈，还有年龄更小的就是"立"字辈的了。

第五章　下山历练路遇凶险
　　　　呆萌滚滚一鸣惊人

3年的修炼时间很快过去，陆远也在暗中观察着所有的陆家弟子。

令他最满意的就是陆子羽和陆子馨了，陆子馨通过自身努力也勉强能和三星的灵兽对抗。

可他也有点同情自己的女儿，那个没用的灵兽，给她带来的负担太大。

但是见到女儿对它还是宠爱有加，也就不好多说什么，而且每每提及这事儿，她也会不开心。索性就不说，只要她开心就好。

在广场，陆远对着所有陆家弟子道："陆家弟子，下山历练的时候，离开了天谕镇，你们身上都带着陆家的标签，生死有命，我只告诉大家一句，不可给陆家丢脸。还有我警告各位一句，下山后，江湖凶险，切记不要轻易相信任何人。"

"好了，各位陆家弟子，期待你们历练回来，光耀陆家！"

"陆家万岁！陆家万岁！"

陆家所有弟子声势浩大地从陆家出发了。

有些灵兽可以飞行的，坐在灵兽的身上就飞离了陆家；

有些灵兽是骑行的，也骑行着离开了陆家。只有陆子馨一个人在那边还在和滚滚闹别扭。

"滚滚，让我骑一会儿好不好？"

滚滚可怜巴巴地望着她："主人，我背不起你。"

陆子馨望着别人的灵兽惆怅道："至少也要让我从家里骑出去吧？"

滚滚摇头道："主人，我们能不能换一个方式？"

陆子馨好奇道："什么方式？"

滚滚傻笑道："就是我骑在你的身上出去啊。"

如果身边有板砖，陆子馨肯定已经向滚滚的脑袋掷去了。

一个"板栗"赏在滚滚的脑袋上，陆子馨没好气地道："趴下，要不然我就饿你3天3夜。"

滚滚耷拉着那可爱的小脑袋瓜子，无奈道："主人，你上来吧。"

这家伙还差点委屈地流了泪，让陆子馨不得不感慨人生如戏，全靠演技。

陆子馨这还是第一次骑在滚滚的背上，可是当她骑上去之后，滚滚开始缓慢地走了，动作很慢，比她走路都还要慢。

不断有陆家弟子从她面前经过："大小姐，快哦。"

"大小姐，别等啦，这种机会很难得的。"

可是他们哪里明白大小姐心里苦。

陆子馨苦着脸道:"滚滚,你能不能快点跑两步?"

滚滚回头无辜地望着陆子馨:"主人,我刚才吃太多了,跑不动。"

陆子馨欲哭无泪:"那你还是慢慢走吧。"

滚滚回头可爱地望着陆子馨道:"主人,慢工出细活。我虽说走得慢,但是我走得稳。"

陆子馨忍不住又赏它一个"板栗",无奈地成了最后一个离开陆家的人。

父亲陆远远远地看着她离开,遥遥叹气,真的是为难女儿了。可是人都要经历这一步才会成长,他也没有其他办法。总不可能一直保护着她吧,要是某天他不在了,陆子馨一个人又该怎么面对?

好不容易走出陆家山门,陆家两个大字矗立在半山之巅。

滚滚非要陆子馨下来休息,陆子馨对着山门深深地鞠躬,这是她第一次离开父亲的庇护。

等陆子馨回头的时候,发现滚滚从它背的那个袋子里拿了很多包子出来,坐在山门的石碑上,一口吞下3个包子。

它还很不舍地递了一个给陆子馨道:"要吃吗?"

陆子馨无奈地望着天空道:"苍天,请你赐我死吧。"

滚滚见陆子馨不予理会，又丢了一个在嘴里吃了起来。

三十多个包子，一会儿的工夫就吃完了，它满意地拍了拍自己圆鼓鼓的肚子，对陆子馨道："主人，我们上路吧。"

陆子馨真的是欲哭无泪了，按照这个速度走下来，何年何月才能到山下啊。

可是她又不能丢下滚滚一个人走，这是陆家的规定，主人要和灵兽一起修炼。

陆子馨心情复杂地拖着自己的身子跟在滚滚的后面慢慢走，两人已经走了一天，直到夜幕降临，还没走到山底。

按照这个速度，可能还没历练其他弟子就已经回山了。

陆子馨在那边刻苦练剑，滚滚觉得困乏了，躺在地上呼呼大睡。

看到睡熟的滚滚，陆子馨近乎绝望，真想把它丢在荒郊野外，自生自灭。

可是有时候这家伙又很可爱。

这时，不远处的草丛中，传来窸窸窣窣的声音。

这声音，惊动了正在练剑的陆子馨。自从修炼了"东来心诀"之后，她的感官越来越敏锐，一旦有任何风吹草动，她都能及时察觉。

对于这种异常，她立刻保持高度警惕，握紧手中的玄铁剑。在寒光下，玄铁剑熠熠生辉。

"是谁？"

陆子馨一声呵斥，她的这声呵斥还有点微微的担忧和害怕。

"快出来，在那边鬼鬼祟祟的干什么？"

陆子馨提着剑，缓步走了过去。她的动作很慢，显然心里也有点慌乱。

此人会是谁？陆子馨第一次下山，面对这种突如其来的情况还没有办法应付。

草丛中窸窸窣窣的声音更快，还没来得及看清楚，那个声音突然闪现到了另外一个地方。

"是什么人，有种出来，少在那边装神弄鬼。"陆子馨站在草丛边，时刻保持着高度警惕。

她想肯定是有人恶作剧，如果是其他人，早就偷袭自己了。

不过她却丝毫不敢放松，谁知道是什么怪物呢？

不过这次，草丛中的声音突然消失了。

这让陆子馨更是茫然，消失了？难道说跑了？

那为什么又要来吓自己。

就在她转身的时候，一只白虎从身后扑了过来，身影很快，陆子馨反应过来的时候已经来不及躲闪。

"好快的速度！"

这白虎眨眼间就已冲到陆子馨的身边，慌乱之中，陆子馨急忙用剑去挡。可是那白虎却极为厉害，凌厉的爪子在空中撕出一道弧线，灵气流动，这爪子竟然能够撕裂灵气——只有四星级以上的灵兽才能够撕裂灵气。

"你为何要偷袭我？"

陆子馨勉强接下了白虎的第一击，连忙开口问道。

说话的时候，手却没有闲下，她猛然将"东来心诀"提升至第5层，玄铁剑法也提升到了第6层，周围的树叶也受到灵力的波动，树叶从树上飘落。

"斩！"

一个斩字落地，这一剑可劈山石。

说时迟，那时快。

那白虎兽的眼腥红，利爪往地上一拍，高高跃起两丈，凌空一拍，这一拍排山倒海，周围的灵气都在波动。

"起！"陆子馨的气势被压了一头，刚才这一招被白虎兽轻易化解，她仍不死心，大喝一声，将"东来心诀"提升至最高的第9层，一个起字，从地上跃起3丈，整个身子倒立在空中，玄铁剑紧紧握在手中。

从上而下，玄铁剑像一座大山往下崩塌。

白虎兽感到了害怕，猛然咆哮，可是它却没有退步，落地之后，大声对着天上冲下来的陆子馨一声怒吼。

这一声吼叫，似乎要将人撕裂成两半，虎吼中注入了灵气，气吞山河。

陆子馨不曾想这虎吼如此厉害，避开已是不及，只有殊死一搏。

"不行，完全抵挡不住。"

她越往下，虎吼带来的威势就越是猛烈。

有灵气不断从虎吼中传来。

"糟糕，这次完蛋了。"

陆子馨的灵力已经耗完，她再也无法抵抗白虎兽的攻击，被虎吼重伤，倒在地上，一口鲜血喷了出来。

她倔强地支撑起自己的身体从地上站了起来，望着眼前虎视眈眈的白虎兽，她根本没有将希望寄托于一边呼呼大睡的滚滚。

这一切，都只有靠她自己面对。

她是陆子馨，她是陆家大小姐，她是不会认输的。

一口鲜血，从她嘴里吐了出来，刚才白虎兽伤了她的灵气，她现在整个人的灵气都很紊乱，根本无法控制。

"好厉害的虎吼！"陆子馨已经无法继续战斗了，可是她的气势却不弱，让白虎兽也不敢贸然前来攻击。

那白虎兽凶狠地露出獠牙，它在等，它知道陆子馨坚持不了多久。

陆子馨望着还在那边睡觉的滚滚，很想叫醒它，可是她知道叫醒它的结局也是一样，只是期望白虎兽没有看见它，这样还可以躲过一劫。

两人之间通过3年接触，早已产生了某种羁绊。有点类似于亲人，也有点类似于恋人。

时间在走，白虎兽的耐心很好，可是给陆子馨的时间却不多了。

她决定了无论如何也不能坐以待毙，必须殊死一搏。

就算是死，也不能窝囊。

"你这妖兽，看剑！"这一剑，已是陆子馨的最后一击。可是和之前比起来连一半的威力也没有。

白虎兽露出狰狞的笑容，一个虎爪，就让陆子馨倒在地上昏迷不醒。

在倒地前，陆子馨发现白虎兽有点不太正常，往常遇见妖兽的眼睛都是白色，为何这白虎兽的眼睛是腥红色？

这是她第二次看见腥红色的眼睛，第一次是血蝙蝠。血蝙蝠的眼睛颜色本来就是腥红色。

可惜这一切都没有用了。

白虎兽的这一击,让她彻底晕倒在地。

白虎兽缓步走了过来,准备品尝自己的胜利果实。

它在这边已经蹲守了半个月,今天终于有人前来,它要好好享受一顿午餐。

陆子馨已经不省人事,她的血更加唤起了白虎兽的妖性。

白虎兽兴奋地走向陆子馨,它的动作很慢,在欣赏着自己的食物。

这个时候,在一边睡觉的滚滚醒了过来,它萌萌地睁开眼,看见白虎兽正要准备生吃陆子馨的时候,它立马阻止道:"不要!"

第六章　原来你是隐匿高手
　　　　险救主人大发神威

等陆子馨醒来的时候，发现自己正好躺在滚滚的怀里，衣衫不整。滚滚的舌头还一个劲地舔着她的脸，可爱极了。

不过滚滚的眼睛却一直好奇地盯着她单薄的衣衫处，看起来不太正常。

"我们还活着？"陆子馨难以置信地望着眼前的滚滚，张口问道。

她努力地想坐起来，却发现浑身乏力。

滚滚点点头，小声道："主人，你才受了伤，不要乱动。"

滚滚还不忘用手摸着陆子馨的伤口，一边摸着一边感慨道："主人，你的皮肤真好啊。"

陆子馨啪的一巴掌打在滚滚的手上，厉声道："扶我起来。"

滚滚嘟着嘴，极不情愿地将陆子馨扶起来，让陆子馨靠在它肉肉的手臂上。

陆子馨推开它的手，指着眼前倒在大坑里的白虎兽，问道："这是谁杀的？"

这里根本没有打斗的痕迹。

滚滚笑着指了指自己的屁股。

陆子馨忍不住笑出声道:"你的屁股杀死它的?你确定?"

滚滚点点头。

"就你那肥白肥白的屁股,也能够杀死这四星的白虎妖兽?别吹牛了,滚滚,快点告诉我,是不是父亲来救我们了?"

滚滚站起来,指着自己的屁股道:"主人,真的是这样,我一屁股就把它给坐成这样了。"

陆子馨摇摇头道:"我不信。"

滚滚走过去,指着那边那个凹进去的圆洞,拖开白虎兽,然后恰好能将它的屁股坐进去。调皮地连续坐了两下道:"主人,我的屁股很厉害的。"

陆子馨仍然半信半疑道:"你确定你没有骗我?你可是零星的灵兽。"

滚滚摊手道:"主人,你不信,我可以坐到你身上试试。"

想到那肥白屁股刚才坐过地下,又坐过那满身臭味的白虎妖兽,陆子馨连忙摆手道:"还是算了,你留着对付我们路上遇见的那些妖兽吧。"

滚滚走过去,将陆子馨扶起来,从陆子馨的袋子里找来金创药,让陆子馨自己敷药,它走到一边去生火。

"你干什么?"陆子馨不解地问它。

滚滚积极地抱着柴火堆在一起,指了指那边被它一屁股坐死的白虎兽，又摸了摸自己空空如也的肚子："白虎妖兽的肉肯定很好吃，我还没有吃过呢。"

"还真是什么时候都不忘吃啊。"陆子馨捂脸道："你能不能先关注一下主人的伤势？"

滚滚回头望了一眼陆子馨，委屈道："我饿了。"

陆子馨气得抓狂，抓起地上的树枝向滚滚扔去。

滚滚生好火后，抱着陆子馨走到火炉旁，咽了下口水道："我一个人也吃不完，等下留点给你。"

"喂喂喂，我是你的主人好不好，要吃也应该是我先吃才对。"陆子馨申辩道。

"可是主人，你看我这么可爱，也应该让我先吃才对啊。"滚滚撒娇地嘟嘴，双手握着陆子馨的手楚楚可怜道："好不好嘛，主人。"

陆子馨无奈道："好吧好吧，真是服了你这只笨熊。"

陆子馨看着滚滚从口袋里拿出一大堆乱七八糟的玩意儿，不知道里面是些什么东西，然后又一个人去舀水找石头，在吃这方面还真是能干啊。

她心想等回山后，一定要告诉父亲，滚滚亲自秒杀了一只四星级的白虎兽，让家族的所有人都对她刮目相看。

滚滚将水盛满之后，将白虎兽的尸体放在树叶上，仿佛又想到了什么东西，慢步走到陆子馨身边，头靠在陆子馨的肩膀上道："主人，我可不可以和你商量一件事情？"

说话的时候，滚滚还不停地对着陆子馨挤眉弄眼，可爱极了。

陆子馨知道这家伙准没什么好事，假装没有听见，在那边摆弄着炉火。

"好不好嘛，主人。"滚滚委屈地望着陆子馨，看起来都快哭了。

陆子馨在那胖嘟嘟的白脸上捏了一下道："什么事？"

"主人，我想借你的玄铁剑一用。"它在那边嘟着嘴，乞求陆子馨的同意。

"不行！"陆子馨拒绝道。

她知道滚滚想借去干什么，她可受不了那股腥味。

"可是主人，这样我们就都没有晚餐了。"滚滚傻乎乎站在那边，撇着嘴。

它那可怜巴巴的眼神看起来让人不忍拒绝。

"我宁愿饿着。"陆子馨嘴角上扬，语气不容商量。

"可是我怕饿。"滚滚黑黑的眼睛里看起来让人心疼。它的双手过去摇晃着陆子馨的细手，撒娇道："主人，好不好嘛？"

噗！

陆子馨大声笑了起来。

滚滚悄悄地从背后抽出主人的玄铁剑,举着剑兴奋道:"主人,你同意了?"

"没有,还给我。"陆子馨的语气冰冷,态度还是和先前一样强硬。

"可是主人,我饿了,怎么办?"滚滚眼睛里面噙着泪珠,看起来可怜极了。

"忍着。"陆子馨没好气地道。

"主人,你这是饱汉子不知饿汉子饥。"滚滚嘟着嘴,作出伤心欲绝的样子。那眼睛看起来很委屈。

"好啦,怕你了,你个吃货。"陆子馨从腰间抽出一把匕首道:"这是我心爱的匕首,拿去吧。"

"谢谢主人。"

滚滚立马笑着接过匕首,有模有样地开始解剖白虎兽的皮。对于吃货来说,只要是吃的,都能够想尽一切办法。

它花了整整一炷香的时间才将白虎兽剖干净,白白胖胖的熊猫毛上还沾染了不少鲜血,手臂上和脸上都是,看起来一点也不可爱了。

不过滚滚还是将白虎兽带到河边,将它洗干净后又给自己洗了澡。

陆子馨也没闲着,她在那边早就找好了烤架,准备和滚滚一起烤这只白虎兽。

但让她有点担忧的是调料都没有带,等下烤出来的味道会不会很难吃?

其实她的担心是多虑的,对于吃货滚滚来说,这些必备品怎么可能没带。

当她看着滚滚从身上那个背包里像变魔术一样的拿出各种调料,她确信自己没有看错,这只蠢笨的熊猫竟然还带了这些东西。简直就是丧心病狂啊。

它一个人在那边全神贯注地烤着肉,两个眼珠子都快掉出来了,一点也不理会受伤的主人。一个时辰过去了,它才回过头傻乎乎地望着陆子馨。

见它图谋不轨地望着自己,陆子馨忍不住开口问道:"你望着我干什么?"

滚滚指了指烤架上的白虎兽道:"主人,你先尝一尝。"

"你为什么不先?"陆子馨想不明白。

"你是主人,你先请。"滚滚笑着道。

"我命令你先。"陆子馨冷冷道。

"主人,我肠胃不好,还是你先请。"滚滚痛苦地捂着肚子。

"你到底先不先?"陆子馨的脸色有点动怒。这家伙是想让自己试试肉熟没,还真是一只看起来愚蠢,小心眼很多的灵兽。

滚滚痛苦地将匕首伸到烤架上,轻轻地剥下一块肉。

愁眉苦脸地将刚才从白虎兽身上剥下来的肉吞入腹中。

陆子馨也有点饿了,抿着嘴唇望着它。

滚滚在那边还在回味,陆子馨忍不住开口问道:"味道怎么样?"

"不好吃。"滚滚皱着眉头,可是它又下第二刀了。

"……"

陆子馨对滚滚也是无语了,走过来抢过它刚才削的肉,尝了尝,赞不绝口道:"滚滚,想不到你还有当厨师的潜质。"

滚滚傻乎乎地笑道:"每一个吃货都有当厨师的潜质。"

陆子馨:"……"

第七章　继续前行来到村庄
　　　　　山贼横行替天行道（上）

　　晚上，下了点小雨，雨夜微凉，月度银墙，不辨花丛那瓣香。

　　借着月光，两人又走了不少路。滚滚这家伙一直在抱怨疲倦，陆子馨无奈，只好选一个地方休息。不知不觉两人就睡着了。

　　陆子馨躺在滚滚圆圆的肚子上，感觉舒服极了，只是滚滚打呼噜的时候肚子一起一伏的，就像是在走不平稳的山路，刚开始还有点不习惯，过后就会感觉很温暖。她睡得很安心。

　　习惯了早起的人通常会醒得很早。陆子馨叫醒还在睡觉的滚滚，让它快点起来继续赶路。这家伙醒来后还在抱怨没睡够，不过迫于陆子馨的威胁只好乖乖就范。

　　但是这家伙死活不走，非要将白虎兽吃完才走。

　　陆子馨都已经撑得不行了，这家伙虽是胀得要命，仍将白虎兽吃个干干净净。

　　白虎兽的皮毛不错，有些地方还完好无损，陆子馨索性将兽皮带在身上，想着去集市上换个不错的价钱。下山的时候她走得很匆忙，也没有带钱，这一路上难免会有用钱的地方。

　　这次滚滚一屁股坐死白虎兽的事情对她冲击很大，她拼尽全力也不敌白虎兽,也就是说白虎兽至少四星,四星的白虎兽被滚滚一屁股坐死,你说是它运气好,还是一直隐藏了自身实力?

不过有一点可以非常肯定,这家伙至少比三星灵兽强。

难道这家伙一直在扮猪吃老虎?

陆子馨心里产生了怀疑,可是她又没有证据。

由于滚滚吃得太撑了,两人这一路走得很慢,足足走了三天才走下山来,还好这山上野味多。只是滚滚这家伙每次都偷懒,找吃的由陆子馨负责,它只负责加工。

两人这样搭配起来还挺有趣,不过后来两人再也没有遇见很厉害的妖兽。

陆子馨打开父亲给自己的地图,指着前面两里处道:"滚滚,再走两里路,我们就到洛家村了。这可是一个大村子,我们终于可以好好地大吃一顿了。"

滚滚兴奋地跳到她身上,圆圆的脑袋挤着她那冷若冰霜的脸。

换作其他人,估计陆子馨早就一剑要了他的命。

两人走的是山路,洛家村是黄沙镇的地界,毗邻天谕镇,扼陆家峰和黄沙峰之咽喉,是重要的皮毛交易市场和中转驿站,大多数商人都会在这里停留。

可是很奇怪的是附近竟然没有商人，这有点太出乎意料了。按照地图上所说，这里应该热闹非凡才对，单论洛家村的人口至少也有天谕镇的一半，再加上过往的客商，人应该非常多。

这一路上太过于安静了，陆子馨总觉得有点不太对劲。她轻声对滚滚说你发现异常没有，为什么这条路上一个人也没有，按理说这条路是官道，应该有很多商人经过才对，不至于这么冷清啊。

滚滚也觉得奇怪，可是它又想不明白。

一路上两人也没有碰见其他人可以打听一下情况，但是两人还是壮着胆子朝洛家村赶，陆子馨认为肯定是地图上出了错。

可是当洛家村三个字映入眼帘的时候，她又感觉很蹊跷。

这洛家村处于山麓处，青山秀水，钟灵毓秀，这里盛产酒，神州颇有名气。美淑质之独秉，含玄造之奇甄，许多人路过此处也会忍不住驻足观望或是盘桓数日，一窥其玄妙。

也不知是不是记载有误，冷清的街道看起来有点萧条，整个村子也是关门闭户，不见一人，寂寥得可怕。

"有人吗？"陆子馨敲了第一家人的门。

里面传来一个老年人的声音："小姐，你快离开这里吧，我们这里不欢迎你。"

"咦？好生奇怪。"陆子馨感到非常诧异，又敲门道："老伯别怕，我们是附近天谕镇陆家的人，想打听你一个事儿。"

里面传来一声叹息，拉开一个门缝，露出一对眼睛，东张西望一番之后，才紧张地缓缓开门道："我没什么好回答的，你快走吧。"

陆子馨却是不服气道："你这老伯好生奇怪，我还没开口问你，你就说没什么好回答我的，难道你知道我要问什么？"

那老头上下打量了陆子馨一番，确认几次后道："你们不是黑风寨的人？"

"什么黑风寨，都没听说过。"陆子馨摇头。

这时，滚滚从陆子馨的身边站起来道："有吃的吗？"

那老头看见滚滚后，害怕地往后退了一步，忽又见滚滚如此呆萌，可爱极了，遂慢慢地将缩回的身子退回原处道："没有吃的，不管你们是谁，请你们快点离开这里，要不然就有苦头吃了。"

"苦头，什么苦头？"陆子馨忍不住问道。

那老头又反复观察了下四周，见无人之后，将两人拉进屋去，解释道："这位小姐有所不知，以前啊我们这洛家村可热闹了，洛家村的白酒在整个神州都颇有名气，可是自从来了3个盗贼之后,我们洛家村就开始不太平了。他们霸占了我们所有的酿酒师傅,还经常抢劫过往的商人,凡是不听话的,就一把火烧了他的房子,手段歹毒,无所不用其极。渐渐的,洛家村就萧条了,过往的商人也就少了。唉,真是可怜了我们这些村民,想要重新找个地方,却也没有一个安身立命之地。"

老头说着说着就失声哭了出来,他的委屈从来没有对人说过,第一次给别人说,难免会控制不住情绪。

"不好意思,让你们见笑了。"老头擦掉泪水道,"以前我儿子也是酿酒师傅,被那山匪抓去了之后,至今也未回来,不知道受了多少苦。我们好好的一个家庭,就这样支离破碎了。"

对于老头的遭遇,陆子馨深感同情,她就算再冰冷,也被这真挚的感情撼动了。

她忍不住问道:"为什么没有人来围剿他们?"

老头更是生气道:"别提了,之前我们也出钱请人围剿他们,可是那些人的实力太弱了,这黑风寨啊有3位当家的都是御灵师,我们请的御灵师根本不是对手。最后还害得整个村子遭到了山匪的报复,被洗劫一空。"

"岂有此理,此事还有没有天理,我就不信没有人能够治得了他们。"陆子馨生气地说,"老伯,你不要着急,你把事情的来龙去脉告诉我,我也是御灵师,这位滚滚是我的灵兽。"

"小姐,你该不会想一个人去对付他们吧?"老头满脸疑惑地望了一眼陆子馨,又望了眼滚滚,叹了口气。

"这有什么不可?"陆子馨将白虎兽的皮毛放下来给老头看,自信道:"这只四星灵兽白虎兽被我的灵兽一屁股就坐死了,有什么难的,就算是五星灵兽我们也有办法应付,他们是多少星的灵兽?"

"这个我还真不太清楚,不过我听说3人好像都是带四星的灵兽。"老头语气坚定道:"但是3人都是狠角色,不好对付。小姐,我劝你还是算了,和你的灵兽快些逃走吧。等下若是被山匪发现,你可能就逃不掉了。"

老头见两人这副模样,就知道是才出江湖的愣头青,还不知道江湖凶险,他可不能让人白白去送死。他亲眼见过许多人去挑战3位当家的,几乎没有一人生还。

他反复告诫自己不能告诉两人太多,要是两人做出冲动的事情来,到时候又害村子遭殃,就得不偿失了,还不如维持现状好。

"哼,你这老头不识好歹,本小姐还想帮你们化解危机,你却还小瞧了我们,既然如此,那我们就告辞了,但是你们可别后悔世世代代受到山贼困扰。"陆子馨牵着正在吃红薯的滚滚耳朵,作势就要从屋里走出来。

那老头叹息一声,犹豫了下,咬牙问道:"小姐,你真的有那个实力?"

陆子馨拍着胸脯保证道:"那是当然,我可是陆家的大小姐。"

"陆家我倒是知道厉害,既然如此,那请大小姐你随我前去见一个人。"老头神神秘秘的,让陆子馨有点起疑。

父亲叮嘱她不能轻易相信任何人,但想这老头手无缚鸡之力,若是有什么情况自己也能应付过来,也就没有留心,跟在老头身后。

起身离开的时候,滚滚还不忘将红薯装满,一个劲地说好吃。

无奈,陆子馨只有赏了它一个"板栗",悄声告诉它:"滚滚,我们是大师,你能不能有一个世外高人的样子?"

滚滚双手翻了下眼皮,撇了撇嘴,时不时地往嘴里扔一个红薯。

有时候还将红薯抛在天上,张着嘴一口吞下去,嘴里喃喃说真甜啊。

那老头说灵兽大侠,我们这里的红薯可甜了。

慢着，滚滚打断老头说你刚才叫我什么？

灵兽大侠啊。

滚滚对着老头翘起了大拇指，若有所思地点头道："有眼光。"

陆子馨鄙视地翻了它一个白眼。

这一路上，老头都走在前面，先查探没有山贼的人之后才敢带他们继续往前走。

这些村民担惊受怕的表现让陆子馨觉得有点虚张声势了，就算是山贼，也不至于到处杀人抢掠吧。可能是她真的从小都生活在父亲的庇护下，所以不太懂得民间疾苦。

这老头带两人来到一间更为破烂的屋子，轻轻叩门。

屋内传来一个轻声："谁啊？"

"村长，是我，老粗。"门外的老头悄声说道。

这时屋内的人先到处张望了一番，方才缓缓打开门，看到门外站着其他人，立马又关上门道："老粗，你带这些人来干什么？"

"村长，这位是陆家的大小姐，他们刚才杀了一只四星的妖兽，此次前来解救我们村庄的。"老粗将脸靠在门上，轻轻地说道。

"他们带了多少人马？"中年男子沉声道，话语中有点窃喜。

老粗望了陆子馨一眼,见滚滚一直在指着自己,陆子馨和老粗忍不住笑了出来,老粗干咳了一声,迟疑地说道:"来了两位高手,大小姐也亲自来了。"

滚滚在那边吃着红薯,志得意满。

陆子馨皱眉翻了它一个白眼,轻声在它耳边道:"你能不能正经一点?"

滚滚呆萌地抬头望着她,傻乎乎道:"我一直都很正经啊。"

"啊!我的天!"陆子馨捂着脸,表示对这只装傻的熊猫无语。

门缝里露出来一只眼睛,那只眼睛给陆子馨的感觉很不舒服,看人的时候一直盯着你看,让你感觉浑身不自在。

给人的感觉有点像饿狼,上下打量着你。

不过最后,村长还是给3人开了门。

"快进来。"

村长开门让3人进去之后,站在门口观察了半晌,迟疑地带上门,指着陆子馨和滚滚道:"此二人就是你说的高手?"

老粗将刚才陆子馨给他看的白虎兽皮递给村长,肯定道:"村长,陆家在天谕镇可是第一大家族,毋庸置疑,这次我们的机会来了,我们被山贼压迫这么多年,也请过灵兽公会帮忙,但是至今也没有人能对付那3个山贼。如果我们继续这样,那么我们世世代代都要受山贼的压迫，还不如奋起反抗来得痛快，就算是死，他们也会遭到陆家的报复。"

村长叹了叹气："我何尝又不是和你一样的想法呢？只是这3个山贼头领着实厉害，普通人根本不是对手。"

说完，村长转过身来望着陆子馨和滚滚道："恕在下冒昧，请问两位高手都有什么本领？"

在寒光下，陆子馨抽出了自己随身携带的玄铁剑，剑一出鞘，剑气逼人，整间屋子都能够感觉到灵力波动。

这让村长感觉极不自在，也很兴奋。

转而村长将目光望向滚滚，滚滚在那边指了指自己的屁股。看起来有点傻，它还在一个劲儿地吃着红薯。

村长有点不明白地问道："敢问这位大师，你的意思是？"

陆子馨赏了滚滚一个"板栗"，语气冷冷道："我的灵兽滚滚，它可是一屁股坐死四星的白虎兽。别看它长得憨厚老实，动起手来可不含糊。"

村长捂着嘴，满脸的不相信，他指着滚滚道："这位大师，恕老头子不懂礼节，但也是为了二位好，能不能请大师表演一下你的屁股神技？"

陆子馨也有点期待滚滚的屁股表现，因此也没有拒绝村长这个过分的要求。

滚滚摇晃着那个圆圆的傻乎乎的呆萌的脑袋，双手捂着屁股，将红薯放在地上道："村长，有茅厕吗？"

村长指了指里面有点破旧的地方。

滚滚立马冲了过去，村长和老粗两人走了进去，以为滚滚要表演自己的屁股神功。

结果谁知道滚滚正在里面蹲坑，还一个劲儿地说，哇，真舒服。

陆子馨刚开始也有点期待，她也挪动了下脚步，可是听到滚滚传来的声音后，忍不住掩嘴笑了起来。

村长和老粗尴尬地走回来道："陆大小姐，既然你这么有信心，我们也相信你还有你的……滚滚。"说这话的时候村长往茅厕望了一眼，满脸怀疑。

"我们洛家村就拜托你们了，当然也不可能让你们就这样去杀山贼，我们会派出10名村里的年轻猎户陪你们一起，另外还有什么要求你们尽管提。"

"没什么要求，只要杀了山贼，你们说是我陆家大小姐陆子馨所为便行，不过我要让所有的人都知道，这能办到吗？"

"这是当然，大小姐只管放心，另外大小姐还有什么别的要求吗？"

这时，滚滚从里面冲出来道："我还有要求，把所有好吃好喝的给我管上,今天晚上我们就上山。"

陆子馨一个"板栗"赏在滚滚的脑袋上:"你就只知道吃。"

滚滚无奈道:"主人,你再这样打我,我都被打蠢了。"

陆子馨板着脸没好气地道:"你已经够蠢了。"

滚滚点头道:"对啊,就是已经够蠢了,所以不能再蠢了,再蠢以后就要你伺候我上茅厕了。"

陆子馨捂着鼻子厌恶道:"一辈子都别想。"

村长和老粗望着这对主人和灵兽,靠谱吗?

但是好像除了指望他们俩又没有什么别的办法。

第八章　继续前行来到村庄
　　　　山贼横行替天行道（中）

晚上，山贼们通常不喜欢下山活动。

他们最近掠夺了一批商人的货物，听说非常丰厚，这一票足够他们过一年，因此这段时间山贼们都在庆祝胜利。

夜晚的洛家村和白天的洛家村判若两地，像一幅美丽的泼墨山水画，各家点上灯火，就像是夜空中的星星一样耀眼，点缀了漆黑的夜晚。

陆子馨和滚滚站在一边，见村长带领着洛家村所有人一起在村里祭祀，羊角悬挂在祭师的身上，村长穿着巫医的奇装异服祈求上天保佑。

这还是陆子馨第一次觉得这些人的脆弱和渺小。

她问一边正在吃东西的滚滚："滚滚，你说人都要有梦想，那么他们的梦想是什么？"

滚滚手里抓着两个鸡腿，满嘴流油，答道："世界和平。"

不知道为什么，陆子馨觉得滚滚说的很有道理，肯定地点点头。

滚滚将鸡腿不舍地分给陆子馨道："你是要吃这个东西吗？"

对这只白痴熊猫陆子馨只有再赏赐它一个"板栗"。

村长站在村子里祭祀的高台上,对着众人道:"各位,洛家村从今往后就由我们自己做主,生死有命,不怨人。"

"生死有命,不怨人。"

洛家村的村民都抱着必死的决心。

他们中有不少的青年男子都被山贼抢去了老婆,可是他们又无能为力,所以在挑选猎户的时候,许多人都踊跃报名,最后村长挑选出了10位,并且叮嘱10人千万不要打草惊蛇,一切听从陆大小姐的安排。

这些人看到陆子馨的时候眼珠子都要掉出来了,何时见过这样的美女,宛若仙女,只是他们在陆子馨面前有点自惭形秽,自觉地低下头,不敢正眼相瞧,只敢偷瞄几眼。

对这些山野莽夫,陆子馨也没有太多好感,更多的是同情。

陆子馨问身边的滚滚:"吃饱没有,我们要出发了。"

滚滚又不舍地拿了两个鸡腿道:"可以了。"

看到它那不舍的样子,还有那已经快要撑开的肚子,陆子馨冷着脸往前走。

滚滚知道主人生气了,连忙又咬了两口,擦掉嘴边残留的痕迹,屁颠屁颠地跟着陆子馨上路了。

路还没走到十分之一,那10个猎户就带陆子馨来到一条丛林密布的路，路很不好走，走起来异常吃力。

滚滚又吃得太撑，一路上走得很慢。

那10个猎户见两人这样，互相之间都在揣测这两人真的靠谱吗。万一拿不下3人，整个洛家村可是都给毁了。

他们心里想嘴里却不敢说出来，要知道村长在洛家村的威望还是很高的。

"还有没有别的路？"陆子馨语气冰冷地问前面带路的那个壮汉。

"有，但是那边沿途都有山贼看路，如果山贼提前回去通风报信，将对我们不利。"壮汉回头向陆子馨解释。

"别废话了，就走那边。"陆子馨不耐烦道。

"这？"壮汉有点担忧地望着陆子馨，犹豫不决。

"废什么话，叫你带路你就带路。"陆子馨语气不容商量："如果打不过，不管你走哪里，结果都是一样。"

那壮汉仔细一想，觉得也对，离开刚才布满棘刺的路，来到了宽阔的大路。

壮汉说这条路是山贼专门开凿的，为的就是便于将抢劫的财物运上山，从这里上山必经回望峰，回望峰易守难攻，有许多喽啰看守，只要通过了回望峰就可以到达山顶了，他们的寨子就在山顶。

一行人连夜行路,滚滚走得有点困乏了,也没休息,况且它刚才吃得太撑了,走起路来有点吃力。

足足走了大半夜,几人才来到回望峰,看到回望峰灯火通明,几人才想起今日是八月十五,也难怪今天的月亮这么圆。被山贼压迫得连节日也忘记了。

几人找了一个隐蔽的地方躲了起来,带头的那个壮汉道:"难怪沿途都没有人把守,今天是中秋节,山贼们每年都会在回望峰聚会,这回望峰下有一个深潭,他们的寨主和灵兽锯齿豹喜欢在这里洗澡。女侠,接下来我们应该怎么办?"

陆子馨看他那副害怕的样子,大声骂道:"没出息,还能怎么办?去山门叫人。"

这些村子里的青年壮汉面面相觑,立马打退堂鼓道:"女侠,你也知道我们几人手无缚鸡之力,我们就在旁边看着,你们二人去叫门吧。"

那壮汉望着回望峰,眼神充满了恐惧。

"没用的东西。"

陆子馨骂了一句之后,带着滚滚一起站在山寨门口。

滚滚双腿哆嗦着道:"主人,真的要打吗?"

陆子馨白了它一眼:"废话。"

"可要是打不赢怎么办?"

"还是要打。"

"为什么我们不跑?"

陆子馨:"……"

陆子馨牵着滚滚的耳朵,又往前走了两步,靠近了山贼的大门。

滚滚吃得太饱了,站在那边像一个皮球。

陆子馨叉着腰大声道:"里面的山贼听着,我陆家大小姐来了,有种就叫你们当家的出来送死。"

她的声音注入了灵力,宛若洪钟,刚才还很吵闹的山贼们立马噤声。

有灵气的声音穿透力很强,让3位当家的都感觉到了陆子馨不是一般人。

听到主人的叫嚣,滚滚害怕地站在她身后,还不断朝躲在树丛里的青年壮汉眨眼睛,那些青年壮汉立马躲在树丛里,头也不敢抬,生怕山贼望见自己。

陆子馨转身问道:"滚滚,你在干什么?"

滚滚仍然哆嗦着:"害怕。"

陆子馨无语了:"你害怕什么?"

滚滚皱眉道:"他们人好多哦。"

陆子馨说道:"这些都是小喽啰,很好对付。"

滚滚牵着她的衣角道:"可我还是害怕。"

陆子馨:"……"

你可是一屁股坐死了四星灵兽白虎兽的人,现在你却跟我说你在害怕?

难道说那四星灵兽不是你杀死的?

但是现在箭在弦上,不得不发。

在那边的青年壮汉也悄悄抬起头,看到害怕的熊猫心里反复嘀咕他们真的能行吗?

好像不行哦。

能行吗?

好像真不行。

这时,黑风寨的门打开了。

从里面走出来3个长相狰狞,满脸凶相的中年男子。跟在他们身后的一大群人站成两排,醉醺醺地望着两人。

为首的那个人脸上还有道刀疤,没有人知道他的名字,只知道他是刀疤。

躲在树丛中的青年壮汉看到刀疤走出来的时候,害怕极了。此人手段毒辣,凶狠歹毒,灵兽锯齿豹更是喜欢吃人,他们曾亲眼见过他让灵兽生吞活人。

另外两人也是嗜酒如命,村里的好酒全都被他们二人承揽了,以前洛家村有着"酒村"的美誉,如今却是徒有虚名。

"哟,我还以为是谁呢,原来是来了一位小娘子啊,长得可真俊,怎么着,是深夜寂寞想找男人安慰,故意送上门来给我当压寨夫人的吗?"

站在右边的中年男子开口说话了,是二当家的,他的灵兽是一只黑蜘蛛。此人好色成性,只要是年轻女子,都想捉回来当压寨夫人。

"老二,闭嘴。"为首的那个刀疤脸开口了,他的语气很强硬:"这位小娘子,是我的了。"

那中年男子立刻闭嘴,不敢说话。

他和另外一个站在左手边的中年男子都没有想到老大竟然会对眼前这位绝色女子动心。要知道,老大还从来未曾对哪位女子动过心。

"老三,把她给我捉回来。"

这刀疤脸又开口说话了。他望着陆子馨的眼神里面没有猥亵,这让陆子馨也感到诧异。

站在左手边的男子伸出舌头,舔了舔身边的大尾猴,那只黄色的猴子刚才还很温顺,突然睁开凌厉的双眼,"吱"的一声,就朝两人冲了过来。

陆子馨也不迟疑,抽出玄铁剑,将"东来心诀"提升至极致,势必要一击斩杀这大尾猴。

那大尾猴却不着急进攻,在一边龇牙咧嘴地望着陆子馨。

"为何它迟迟不进攻?"陆子馨心中开始纳闷。

她刚想命令滚滚上的时候,一张结实的网从天而降,分了她的神。

"卑鄙小人!"

她骂了一声,准备用玄铁剑斩断这从天而降的网。

这时,一个黑影从身后闪过,她手中的玄铁剑被那黑影夺了去,整个战斗衔接得很完美。

陆子馨和滚滚两人一个回合不到,就被网住了,抓了起来。

青年壮汉躲在那边更是不敢说话,准备悄悄回去向村里人禀报。

可是几人早就被发现了。站在刀疤身边的锯齿豹行动了。

听见树丛中不断传来哀嚎,10个不同的声音,一个也没落下。

等锯齿豹回来的时候,陆子馨和滚滚两人已经被关在了笼子里。

陆子馨的脸色清冷,在路过刀疤脸身边的时候,刀疤脸忍不住多看了她两眼。

可是陆子馨却面无表情。

刀疤脸摸了摸锯齿豹的脑袋，锯齿豹将那 10 个人的尸体叼了回来，刀疤脸指着鲜血淋漓的尸体道："这就是来挑衅我的下场。"

然后他让锯齿豹开始吃人，手段极其残忍。

这些青年壮汉还有些没死，但都早已经缺胳膊少腿，血流了一地。他们露出绝望的眼神，怨恨地望着陆子馨。

滚滚那家伙在这个时候竟然睡着了，还小声打呼噜，这让陆子馨彻底服了自己这位"二货"灵兽。

对这 10 人，陆子馨还没有多大的歉意，毕竟生死有命富贵在天。

"来人啊，先押下去，等明日清晨，我就和这小娘子完婚。"刀疤脸冷笑着。

山寨的人还是第一次看到他笑。

也就在此时，从地上钻出来一人，对着众人道："慢着！"

这时，山寨的人都准备回寨子继续喝酒了。

3 位当家的回头一看，只见有只触地兽还有一位长相平平的年轻人站在那边，指着笼子里的陆子馨道："放了她，我就饶了你们。"

"哈哈哈。"二当家的大声笑道，"小子，说什么大话呢，也不怕风大闪了舌头。"

不错，那年轻人正是陆远派来暗中保护陆子馨的陆子羽。

他在洛家村已经蹲守了3天才终于等到了陆子馨，发现了陆子馨之后，他就一直在暗中盯着，不敢声张。

家主叮嘱过，没到关键时刻，不能出手。

"我是陆家的陆子羽，你们抓的那位是我们陆家大小姐陆子馨，你们这黑风寨是不是不想活了，就不怕我们陆家将你们夷为平地吗？"陆子羽指着那个刀疤脸道。

刀疤脸冷哼一声道："等我娶了小娘子，改天带着她登门去拜访岳父大人，和你这小儿有何关系？"

陆子羽沉声道："既然你们不识趣，那可别怪我不客气了。"

"慢着！"刀疤脸道："你那是四星灵兽触地兽吧，这样，我们派一个人和你战斗，倘若你要是赢了，我便放了你和陆大小姐。但若是你输了，明天就得见证我和你大小姐的婚礼。"

"好！一言为定。"陆子羽求之不得，一个人对付3人还是有点吃力，特别是那只锯齿豹，刚才他可是亲眼见到了它的速度。

刀疤脸对二当家道："老二，你去会会他，顺便提升一下自己，你都有多久没练身手了。"

那二当家的点头道："是，大哥。"

他带着灵兽黑蜘蛛走了过来。

黑蜘蛛擅长夜间作战，但是黑蜘蛛是三星灵兽，和陆子羽的四星比起来还差了一截。

刀疤脸问身边的三当家道:"老三,你认为谁会赢。"

三当家的回答道:"不好说。"

刀疤脸道:"老二会输。"

"那?"三当家的吃惊地望了刀疤脸一眼之后,立马就明白了。

第九章　继续前行来到村庄
　　　　山贼横行替天行道（下）

比试开始。黑蜘蛛率先发难，从空中偷袭陆子羽。

陆子羽立马和触地兽一起钻入地下，黑蜘蛛找不到人，不能判断人在何处，但是二当家的知道，那小子的目标只有一个，那就是自己。

他召回了黑蜘蛛，准备迎面抗击触地兽。

触地兽在二当家周围打了四五个地洞，开始不停地捉弄他。

"可恶！有种你出来单挑啊。"二当家愤怒极了。

就在他愤怒的时候，触地兽出招了，一个"神龙摆尾"，二当家就被打倒在地。

那黑蜘蛛的特点是织网，它立马将主人从地上救起，叼着主人来到一边，不停地吐出黑色的蜘蛛丝，这些蜘蛛丝形成一张天罗地网，只要触地兽再次出现，必然会被这蜘蛛网困住。

在地下的陆子羽还未发觉变化，当他再次从地上钻出来的时候，整个身子都被蜘蛛丝给缠住了。若不是触地兽及时相救，他恐怕已成为那二当家的囊中物了。

"好险！"陆子羽在地上让触地兽抓起一块石头，从不远处钻了出来。他从触地兽身上下来，触地兽举起石头，掷向黑蜘蛛，那黑蜘蛛还没反应过来，眼看就要被这岩石击中。

就在这时，锯齿豹出手了。

它凌空一爪，就将这岩石撕个粉碎。

它的速度很快，触地兽还没反应过来，就被这锯齿豹给制伏了。

三当家的大尾猴也出手制伏了陆子羽。

"你们这是违反约定。"陆子羽大声表示不满。

二当家冷笑道："和山贼谈约定，你是不是傻？"

所有的山贼都放声笑了出来。

就这样，陆子羽也被抓了起来，触地兽虽说可以打地洞，但是被关在笼子里也是无用武之地。

二当家不舍地望了陆子馨一眼："小娘子，若不是老大看上了你，今天晚上我定要让你好好尝尝本大爷的'武功'。"

"滚！"陆子馨破口大骂，一口唾沫吐在二当家的脸上。

那二当家反而没有生气，抹了抹脸上的唾沫，笑着道："好泼辣的小娘子，不过越是这样，老大越是喜欢，哈哈哈哈。"

陆子馨没有说话，滚滚还在睡觉，她一直在摇滚滚，可是滚滚就像一只死猪一样。

没办法,她只好用杀手锏:"哇,好香的美食啊。"

滚滚立马睁开眼坐起来道:"在哪里?"

陆子馨牵着它的耳朵道:"在这里。"

失落的滚滚准备又睡,陆子馨双手牵着它两只耳朵道:"你看我们现在都被困在这里了,你还好意思在这里睡觉?"

滚滚揉揉眼,才发现自己和主人被关押在了一个钢铁做的笼子里。

它满不在乎地问道:"主人,他们会给我们送吃的吗?"

我的天,这是什么灵兽?都这个时候了,还想着吃。

陆子馨也是彻底服了。

可是她又拿它没什么办法,她只有威胁道:"他们说要吃了你,杀了我。"

"啊,好残忍,主人,你可不可以求求他们,不要杀我,我的肉不好吃,我这么贪吃的,肯定不好吃。"滚滚苦苦哀求。

在一边的陆子羽忍不住笑出声来,原来大小姐的灵兽是这样一只灵兽,也真有趣。

不过它的触地兽就没那么幸运了,刚才在战斗中受了伤,现在还在疗伤。

陆子羽插嘴道:"大小姐,对不起,刚才没能救你。"

陆子馨没好气地道:"实力不济,还喜欢多管闲事,丢人。"

陆子羽不好意思地垂下头,不过他也有点生气,本来是好心救人,自己也尽力了,可是大小姐却一点也不领情。

"怎么办,怎么办?"滚滚在笼子里踱步,"主人,怎么办?他们要吃我,怎么办,怎么办?"

陆子馨赏了它一个"板栗",忍不住骂道:"你能不能安静一点?"

可是滚滚却安静不下来,它嘴里喃喃念道:"不行,我可不能被他们吃了。"

它双手用力地想要去扳开钢铁笼子,可是尝试了几次都失败了。

陆子羽在那边不屑道:"刚才我就试过了,没用的,这钢铁笼子坚硬得很,使蛮力是不行的。"

可是接下来,却让陆子羽和陆子馨两人都惊呆了。

那只熊猫竟然用嘴去咬钢铁笼子,并且还将它吞进了肚子里。

陆子馨彻底无语了,吃货的世界我们真的不懂。

我的天,这还是零星灵兽能做的事吗?

连五星灵兽都不一定能办到啊!

陆子羽惊讶地望着陆子馨,陆子馨也表示不知道。

不过她却想起了有次滚滚去厨房闹事的时候,当时还将厨房的一些铁具给吞了下去。难道说这家伙当初说自己的嘴和屁股都是真的？

陆子馨简直不敢相信，真的是捡到宝了。

陆子羽在那边也是改变了自己对滚滚的看法，他立马叫醒身边的灵兽触地兽，准备打洞逃跑。触地兽的伤还没完全恢复，不过逃跑却是绰绰有余。

但是令两人都没有料到的是，滚滚这家伙竟然要将它全部吃完才走。

而且还一个劲地说好吃。

不仅两人，连触地兽在那边也是佩服得五体投地。

都什么时候了，它竟然还想着吃。这家伙的脑袋进水了吧？

等它吃完拍拍肚子对陆子馨道"主人，我吃饱了，可以走了"的时候，触地兽早就已经打好了地洞连接到山寨外了。

陆子羽低声问陆子馨："大小姐，我们去哪儿？"

陆子馨想了想，神情紧张道："我们赶去洛家村，通知村民快跑，然后再回去禀报父亲，让父亲派人来灭了他们。"

这个办法陆子羽也认为可行。

触地兽先带着陆子馨从地上逃出去之后，又带着陆子羽出去，最后才来带滚滚，触地兽一直在埋怨这家伙为什么这么胖，而且为什么还这么能吃。

更奇葩的是还非要吃那么饱才肯出来。

一路上滚滚都在大叫,让触地兽很不满,耳朵一直在嗡嗡嗡地响。

等把它放在地上的时候,滚滚还在那边发抖道:"好怕,好怕怕。"

陆子馨冷声问道:"怎么了?"

滚滚傻乎乎地望着她:"主人,我怕黑。"

陆子馨:"……"

这里离村庄还有一段距离,陆子馨一直在担忧村子人的安危。

那个刀疤给她的感觉很不安,那种人,眼里带着寒光,一看就知道杀过很多人,而且杀人不眨眼,这样的人动作很快,而且绝不留情。

以前父亲给他见过一人,那人是个杀手,和这个刀疤很像。

听父亲说那个人也杀过很多人。

所以陆子馨对这样的人有一种天生的畏惧。

等触地兽将滚滚从山寨里带出来的时候,陆子馨立马让触地兽带她去村庄。

她总有种不安。

触地兽有点累了,本想休息一会儿,可是陆子羽也不敢违背陆子馨的话。

他以后在陆家的地位还要多仰仗陆子馨,这次之所以这么爽快接受家主的安排,也是为了能够日后能够娶到陆子馨。

而且家主私下也有此意。

触地兽疲累地拖着陆子馨来到洛家村的时候,洛家村起了大火,陆子馨立马从触地兽身上下来,冲进大火中去救人。

这一切都怪她。

如果当时她不是那么自负,也许就不会……

可是现在说什么都晚了。

他们到处去找还活着的人,可是一个活着的人也没有。

滚滚和陆子羽到的时候也跟着她一起找,洛家村,这么大一个村子,二百多口人,无一生还。

黑风寨的人太狠了。

在地上还写了几个血淋淋的大字:"这就是背叛者的下场。"

"我要杀了你。"

不知道何时,从背后冲出来一个老者,眼睛里噙着泪花,手里拄着一根拐杖,向陆子馨袭来。

"我要杀了你,是你,是你害死了他们。"老粗大声地哀嚎。

见到老粗,陆子馨不知道该如何安慰他。

"他们死得好惨啊,整个洛家村,大人小孩妇女,没有一个人,除了我,除了我这个去山里采药的人啊。要不是看到火光我也不会回来,可是,回来又有什么用?洛家村没了,洛家村没了!"

陆子羽在那边安慰道:"老伯,你不要激动,这件事情我们从长计议,村民们的仇我们会替他们报的。"

"报?你们拿什么来报?"老者用拐杖指着陆子馨道:"当初就是这个女子,信口开河地说自己多么厉害,结果呢?你们倒是逃跑了,一走了之,可是却苦了我们洛家村的人啊。我也真是鬼迷心窍,竟然相信了你们的鬼话,害死了村子里的人啊,罪魁祸首是我,罪魁祸首是我啊!"

老粗失声痛哭出来,跪在地上,朝着火势汹涌的广场磕了三个响头。

他的额头上都渗出了血,看起来怪可怜的。

这个画面,换了谁也不好受。陆子馨上前安慰道:"老伯,你不要激动。"

"滚!你们走开!"老粗大声地骂着几人,然后一头撞向那边的石头,第一下还没死。

他又猛然撞击了一下,当场死了。

陆子羽本来还想去救他,陆子馨却劝道:"算了,他已有求死之心，救来也是死，只会让他更痛苦。还不如让他就这样离开吧。"

陆子羽问道："大小姐，接下来我们怎么办？"

"杀光黑风寨！"陆子馨冷声道。

她的语气还是和往常一样冰冷，却多了些许坚定。

她没有别的办法，只有一命偿一命。

这些人双手沾满了鲜血，那么就一点一点地还回来。

"滚滚，你有多大把握能打败那几个人？"陆子馨的眼神很迫切，非常严肃。

滚滚还是那个呆萌的样子，认真道："姑且可以一试。但是没把握。"

陆子羽在那边劝道："大小姐不要冲动，你的灵兽虽然很厉害，但它还是零星的灵兽，那几人的灵兽很厉害，那只锯齿虎至少已经四星修炼满了。我的触地兽都远远不是对手。"

家主派他保护陆子馨的目的就是不让她受到一点伤害，他宁愿违背陆子馨的意思，也不愿意让她去冒险，要不然他在家主那边交待不了。

况且他也有点怀疑陆子馨灵兽的能力，当初他可是亲眼所见，零星的灵兽，零星意味着一点战斗力也没有，不可能下了山就变成非常厉害的灵兽。

刚才它也有一些惊人的表现，可还不至于能对付一个四星灵兽和两个三星灵兽。

"如果你不去，我也不会勉强你。不过你要让触地兽送我们过去。"

对于陆子羽的退缩，陆子馨并没有生气。只是这样会让她更瞧不起陆子羽。

陆子羽解释道："大小姐，不是这个问题，而是我们能不能应付那几个人。我们不能贸然行动，这里离家族也不远，搬来救兵，这样才能为村里的人报仇。如果我们两人都出事了，就没有人替他们报仇了。"

"我说了，你不想去我不勉强你。"

她的语气越来越冷，她带着滚滚沿着刚才青年男子带她的路，开始往山上走去。

她性格倔强、要强，只是现在心里的苦没有人能够明白，也没有人能够懂。

她就是这样一个人。

骄纵、倔强、任性、冰冷。

认定了的事情就一定要去做，就像修炼"东来心诀"一样，只要"东来心诀"能够提升自己实力，她就会付出更多去修炼。修炼这条路本来也很艰辛，可是她却不在乎。

也正是她的顽固，才让她在修炼"东来心诀"的时候能够有所成就。

这不是一般人都能够做到的。

一路上，滚滚也很悲伤，没有说话。

它说过希望"世界和平"，但是欺强凌弱的人在这个社会比比皆是。

它是一只呆萌的熊猫，与世无争，可也看不起那些恃强凌弱的人。

看到陆子馨的背影，陆子羽咬牙道："大小姐，你等一等。"

他想的是若是大小姐真发生了点事儿，他也可以让触地兽将大小姐带回陆家，只要大小姐成功逃掉了，他也就能够活下来。只要他能够活下来，大小姐必然会对他态度有所改观，这样他迎娶大小姐的机会就会大大增加。

"胆小鬼改变主意了？"陆子馨冷声道。

陆子羽尴尬地道："大小姐，能不能对我态度好一点。"

陆子馨冷声道："很难。"

陆子羽叹了口气，正准备让触地兽送他去山寨的时候，黑风寨的大当家带着一百多号人浩浩荡荡杀了过来。

刀疤脸猜测几人肯定还在洛家村，看到洛家村这样的情况不可能会逃。

见到他们主动过来,陆子羽立马对触地兽道:"快带大小姐走!"

"不!"陆子馨冷若冰霜的脸上写满了拒绝:"不可以。"

可是触地兽根本不听她的指挥,强行带着她离开。

她只有掏出身上的匕首,对着触地兽道:"立马送我回去,否则我杀了你。"

触地兽无奈只有将她送回来。

可是等她回来的时候,滚滚刚好解决掉了三当家的灵兽大尾猴。大尾猴刚靠近滚滚,就被滚滚用嘴撕裂成了两半,仅是一个回合。

看起来非常不灵活的滚滚,在这个时候动作非常迅速和敏捷,它感觉到了危险靠近的时候,天生的敏锐能力比任何灵兽都要强。

陆子馨亲眼看见滚滚敏捷地解决掉三当家的大尾猴,她惊呆了,这还是自己脑海中的那个滚滚吗?

就像是变了一个人。

滚滚的这个举动,彻彻底底激怒了黑风寨3人。

"上!"

刀疤脸也出手了,他带着锯齿豹一起攻击滚滚,另外一边二当家也带着黑蜘蛛在一旁策应,其他的小喽啰们就向陆子馨、陆子羽、触地兽袭来。

触地兽受了伤,刚才又没休息,勉强能够应付,也帮不上滚滚的忙。

不过滚滚却让陆子馨和陆子羽、触地兽大跌眼镜。

触地兽一直都有点瞧不起滚滚,觉得这家伙太可爱了,一点也不凶狠,连灵兽都不像。

可是当滚滚一屁股坐在黑蜘蛛身上将黑蜘蛛秒杀了的时候,3人张大着嘴巴说不出来话,连在那边的三当家也难以置信地望着二哥,二哥的黑蜘蛛可不是一般的三级灵兽,那可是完美融合了的三级灵兽啊。而且黑蜘蛛的行动迅速,那胖乎乎的黑白相间的家伙怎么可能一屁股就解决掉了?

而且还被坐得粉碎,8条腿直接趴在了地上,一点反应也没有。

这家伙是什么怪物?

在这个时候,唯一保持着冷静的只有大当家了。

老二和老三也已抵挡不住流水般的攻击,本来他可以救下两人,但是两人对他来说已经没有任何利用价值了。

锯齿豹虎视眈眈地盯着眼前的熊猫,大当家坐在锯齿豹身上,两人竟然能够联合在一起攻击。

这太夸张了吧。

那些山贼的喽啰们都开始兴奋起来,大当家终于要出绝招了。

在这一招下,还没有人能够生还。

一击必杀!

大当家的豹杀,曾经让多少英雄好汉失去了性命。

二当家和三当家也看到了这边大当家的必杀技,冷声道:"结束了,这一切都结束了。"

在空中的大当家和锯齿豹居然凭空消失了!

就在滚滚的眼前。

不对,陆子馨判断不是消失了,而是速度太快,根本捕捉不到。

"去死吧!"

锯齿豹和大当家突然出现在了滚滚的身后,在大当家的手中,还握着两把短刀,直刺滚滚的后胸。

这是奔着要害去的。

没有给滚滚太多思考的时间。

"在身后!"

陆子馨大声地提醒。

陆子羽已经不忍看了,若是他和触地兽,现在说不定已经当场毙命。

结束了吗？

陆子馨望着滚滚，全部的人都在望着那边。

这至关重要的一击。

二当家和三当家自信已经结束了。

老大这一招，还从来没有人生还。

等刀疤脸穿过滚滚的时候，两人的身子同时回到原地一动不动。

滚滚站在原地，刀疤脸坐在锯齿豹身上，可是他的双臂都已经没有了。

滚滚呆萌地转过头，望着在那边期待万分的陆子馨，笑了笑说了句："主人，我饿了，刚才不小心把他的剑吃了，还将他的手臂咬了下来，另外还把那个锯齿豹的头给咬断了，你不会怪我吧？"

"什么？"

在场的人都惊呆了，这么短的时间，那么笨拙的一个家伙竟然可以做出这么多动作？太不可思议了吧。

但是当锯齿豹倒在地上的时候，大家再也没有怀疑它刚才所说的话。

这还是零星的灵兽吗？

陆子羽不敢相信自己的眼睛。

就算是五星的灵兽也做不到啊。可是为什么？

刀疤脸也跟着跪倒在了地上，山贼们见到这一幕，没有了主心骨，四下逃窜。

陆子馨对陆子羽道："逃跑了的就算了，但是这3个人，必须死。"

二当家和三当家见大当家已束手待毙，也没有再反抗，走到刀疤脸身边，扶起刀疤脸。

刀疤脸感慨道："想不到我刀疤行走江湖这么多年，今日竟然死在了一个黄毛丫头手里，真是可悲。当初我连蓬莱阁的人都敢杀，他们追杀了我这么多年，都一直未能杀我，丫头，我记住你了。"

陆子馨冷若冰霜地走过去，冷声道："可惜已经没用了。"

她的剑很快，将刀疤脸的头和身体分成两部分，提着刀疤脸的头走到刚才老粗撞死的地上，让老粗看自己为他报仇了。

二当家和三当家也被陆子羽所杀。

黑风寨喽啰死伤至少40人，算是彻底土崩瓦解了。

"洛家村的人啊，你们听着，我陆子馨给你们报仇了。"陆子馨双拳紧握，伸向空中，这一句报仇在山谷回荡，山林悚然。

陆子馨将刀疤脸的头扔进还没有熄灭的火中,让他承受着和洛家村人一样的痛苦,他要让这个人世世代代都受到洛家村人的折磨。

生命本来就脆弱,可是为什么强者都喜欢证明自己是强者?

陆子馨走到滚滚的身边,对滚滚道:"滚滚,我们走吧。"

陆子羽立马跟上来道:"大小姐,你这是要去哪里?"

陆子馨道:"刚才这个人说蓬莱阁,父亲也经常说蓬莱阁,我准备去东来镇的蓬莱阁,也看看自己的东来心诀来自何方。据说东来心诀还有下阕,也不知道有没有机会能够得到。"

陆子羽走上前乞求道:"大小姐,不如我和你同行吧,互相之间也有一个伴,而且我也是旁系弟子出身,很勤快的,有了我就不用担心吃的问题了。"

陆子羽还特意强调了"吃"字。

听到"吃"字,滚滚立马两眼放光,扭着陆子馨不放道:"主人,不如就带上他吧?"

陆子馨哪里会不知道这家伙的心思,拒绝道:"不行。"

滚滚在地上连滚带爬道:"主人,好不好嘛?你看我这么能吃,要是有一个能够烧水做饭的跟着一路该有多好啊?"

陆子羽和触地兽在一边也是无语了,烧水做饭?

这家伙把自己当成什么了。

可是他和触地兽却不敢有什么怨言,刚才这熊猫的实力他们可都是亲眼所见。

这个社会,拳头大就是硬道理。万一它要是不开心了,找两人切磋下岂不是吃不了兜着走?

不过他没想到,痛苦日子就此开始,几次想要离开,也没有成功。

第十章　一路前行一路后悔
　　　　上了贼船哭天不应

洛家村事件在陆子馨内心产生了很大的阴影，若不是她的骄纵、自傲就不会导致整个洛家村生灵涂炭，一路上她都在自责，心情也很低落。

不过有了这次经历，倒是让她变得低调不少。再也不是当初那个少不更事的女孩了。

路上有了触地兽的加入，几人的行程变得更快。

只是触地兽这家伙战斗力这么强，被几人用作交通工具内心确有怨言，不过也不敢发作，它私下向陆子羽也是多次抱怨，但是陆子羽又有什么办法呢，打架，自己打不赢，地位自己比不过，只有和触地兽一起将苦水往肚子里吞。

这主灵二人被滚滚欺负得简直不像样。

"喂，小触触我饿了，快去给我找点吃的吧。"滚滚耷拉着脑袋对着触地兽命令道。

"不去，要去自己去。"触地兽不满道。

"那要打一架了哦。"滚滚对着触地兽眨眨眼，触地兽立马躲到陆子羽的身后。

可是滚滚才不管那么多，一屁股坐下去，差点没把两人憋死。

触地兽只有委屈地点头："好吧，我去，只是为什么每次都是我去？"

滚滚呆萌道："你看我这么可爱，让我去杀那些小生物，多残忍。"

触地兽："……"

等触地兽将打来的野味备好了之后，滚滚又开口道："陆子羽大帅哥，能不能麻烦你帮忙呢？你看我这么可爱，你也不好意思让我出手吧？这种事情就你来啦。"

陆子羽摇头道："谁要吃谁自己来。"

"啊！"滚滚委屈地打着滚到陆子馨的身边哀怨道："主人，陆子羽和触地兽刚才联手欺负我。"

陆子羽连忙走过去解释道："大小姐，我没，没有欺负它。"

滚滚用那真诚的眼神望着陆子馨嘟嘴道："主人，他就欺负我了。"

陆子馨瞪了陆子羽一眼，陆子羽无奈只有乖乖地给这位祖宗烤肉。

本以为就这样可以交差了，可是谁知道他烤的味道不好，遭到了滚滚和陆子馨的嫌弃，让他重新来。就这样每天都要反复几次，把触地兽和他累得不行。而陆子馨和滚滚两人在那边玩得不亦乐乎和睡得不亦乐乎。

触地兽每次都噙着泪望着陆子羽:"主人,这次一定要烤好啊,求你了。"

陆子羽:"……"

陆子馨对行程要求很高,一路上,4人一直都在加速,触地兽根本没时间休息。等到了休息的时候,滚滚又饿了,它又要去找吃的。

有一次触地兽私下和陆子羽进行了一次对话。

"主人,如果有来生,我再也不做你的灵兽了。"触地兽绝望道。

"为什么,小触,难道是因为我烤的肉不好吃?"陆子羽递了一块肉给它。

"主人,不是,是跟着你还不如跟着大小姐。"触地兽委屈得要命。

"……"陆子羽也是无奈啊。

后来陆子羽也学聪明了,每次都让触地兽带着大家来到集市,这样既不用去找食物,也不用自己动手了,一举两得。

但是噩耗又来了。

滚滚太能吃了。

他们身上的银子根本不够吃。

怎么办？总不可能让大小姐去找钱吧。

于是这个重任只好又重新交给了两人。

两人就经常去猎杀一些野兽来集市换钱，换了钱之后给滚滚吃饭。

有时候陆子馨也觉得两人可怜，可是她一点同情的想法也没有，好奇怪。

但是陆子羽发现了很异常的一件事情。有一天正在吃东西的时候，陆子羽对陆子馨道："大小姐，最近猎杀野兽的时候发现一件特别奇怪的事情。"

陆子馨知道陆子羽这个人不会撒谎，她急忙问道："什么奇怪的事情？"

"就是在野兽旁边经常都有妖兽出没，而且根据我们陆家的记载，妖兽是不会主动攻击人类的，可是为什么现在的妖兽都要攻击我们？而且我还发现了一个更为奇怪的地方。"

"什么奇怪的地方？"陆子馨迫切地追问。

"就是这些妖兽和我们陆家记载的妖兽都不太一样，分布也不太一样。"陆子羽将木桌铺开，上面摆放了十多双筷子，将神州大陆分割成为几个地方。他指着右下角一处道："大小姐，假设桌子就是神州大陆，那么我们现在身处的地方就在这里，南境。神州大陆分为南境和北境，按常理说主动攻击人的妖兽都应该在北境才对，为什么南境也会出现呢？而且更奇怪的是，还会经常遇见一些四星的妖兽，偶尔还有五星的妖兽出没，不正常，太奇怪了。"

"对了，你说起这我还想起一件事情，我和滚滚下山的时候还碰到了一只四星的白虎兽，当时还主动攻击了我们，白虎兽按理眼珠应该是黑色，可是为什么那一次是腥红色？滚滚，上次你注意到没有？"

滚滚在那边啃着鸡腿，听见主人叫自己，抬起头，无知地望着她。

陆子馨叹气道："唉，不理它了。"

陆子羽却激动地说道："哎呀，太巧了，大小姐，路上主动攻击我们的妖兽眼珠也是腥红色，为什么会这样？看来需要派人给家主禀报一下，然后我们继续前往东来镇打听消息，那里是御灵师的聚集地，也是南北交界处，应该有不少消息。"

"我觉得行，等下先找人给父亲送信，将妖兽的情况给父亲说明。若是妖兽叛变，也可让父亲提前作好准备。另外这边我们也抓紧前往东来镇，一定要将事情查清楚，这可不是一件小事。"

"是，大小姐。我这就让人将信息传给家主，另外从地图看，我们应该还有五天就可以到东来镇了，这一路上御灵师也开始变多了,大小姐,到时候在东来镇还有一个御灵师认证的地方。不知道家主告诉你没有,只有在那里通过了御灵师的认证,才真正有资格称之为御灵师。"

"这件事情我知道,去东来镇后我们就过去看看。不过越靠近东来镇的地方,还真是越来越繁华,比天谕镇不知道热闹了多少倍。"

"那当然咯,东来镇是御灵师的天堂嘛,在那里大大小小的家族有几百家,随便找一家都能够养活自己,衣食无忧,生活自在。"

"好了,那我们赶快继续赶路吧。你可千万不要忘记了给父亲强调一下妖兽有可能会叛变的事情。"

"我知道,大小姐。"陆子羽站起身来道:"那我先出去了。"

晚上陆子馨和滚滚睡在一张床上,她还给滚滚洗了澡。自从上次战胜了三位黑风寨的寨主,滚滚就享受到了美人相伴的待遇。只不过陆子馨每天晚上都要给它洗澡,这对很慵懒的滚滚来说是一件非常痛苦的事情。

不过想着主人身体的柔香还是忍了下来,这些日子都坚持过来了。

晚上,滚滚在一边很早就睡着了。

陆子馨打开窗户,皎洁的月光沿着窗沿照射进来,她站在窗口，遥望着天上的明月。不知道为什么，她有一种不祥的预感，就像上次洛家村的预感一样，好像有什么大事将要发生。

而且这件事情她和滚滚也会牵连其中。

山雨欲来风满楼，既来之，则安之吧。

她替滚滚盖好被子，双手抱着它一起睡到第二天鸡鸣，滚滚在触地兽背上的时候还在睡觉。由于这两天要赶路，滚滚每天都睡不好，有时候吃着东西也能睡着。

这让陆子馨很是无奈。

谁叫这家伙这么能吃能睡呢。

第十一章　四人齐到东来胜地
　　　　御灵天堂世间唯一

　　一路艰辛，两人两兽来到东来镇外十余里处。陆子羽将地图铺开，指着南北交界处道："大小姐，再走 10 里路就是东来镇了。东来镇有灵力封印，触地兽没有办法在那里穿行，我们必须从这里走路过去。"

　　滚滚兴奋地望着东来镇，迫不及待地问陆子羽："东来镇有好吃的吗？"

　　陆子羽笑着道："东来镇的美食遍布神州大陆，可以说这里的美食是整个神州大陆最全的地方。"

　　"那我们还等什么？走吧。"滚滚率先走在了众人前面。

　　东来镇地势平坦，素有"东来平原"之称。

　　而且东来镇幅员辽阔，将神州的南北两面分开，南边是崇山峻岭，北边就是冰封世界和沙漠世界两个极端。

　　北方的妖兽等级高，都是一些凶兽，和温和的南方比起来有天壤之别。

　　通常较为厉害的御灵师都会选择去北方历练，从北方历练回来的御灵师几乎没有谁身上不带一点伤，而且能够活下来的人也很少。

东来镇有一座城池，城墙足有20人高，在城墙上还有烽火台，与10里外的烽火台遥相呼应。据说这样的烽火台每10里就会有一座，一直延伸到腾格里沙漠。

为什么要延至腾格里沙漠至今也没有人明白。但是大家都知道，修筑这烽火台的，正是东来镇的第一大帮派——蓬莱阁。

一路上，两人都碰到了不少御灵师，他们的灵兽都好厉害，陆子羽的灵兽在这里顶多只能算中等偏下。来到这里，才算是真正开了眼界。

四人来到东来镇城池外，在城墙入口处还有不少人把守，据说这些是蓬莱阁的人。

守在城墙下的人都是御灵师，他们的灵兽都是清一色的"啸天狼"。

每一位进城的人都要让啸天狼嗅气味，然后会有人告诉你每一位来到东来镇的人3日之内都要去蓬莱阁登记，这是规矩。

这让陆子馨很生气，可是也没有别的办法，谁叫别人势力大呢。守门的都是带着三星灵兽的御灵师，他们陆家连一星御灵师都非常珍贵。

陆子馨低声问："这蓬莱阁阁主的灵兽是多少星？"

陆子羽摇头回答道:"不知道,据说应该在七星以上。"

陆子馨惊讶道:"不是说最高只有五星灵兽吗?"

陆子羽尴尬地笑道:"大小姐,你肯定很少去看陆家典籍吧,最高的灵兽是十星。"

突然,陆子羽好像明白了什么,低头看了一眼正在那边一直说饿饿饿的滚滚,难道说当时陆家的灵兽石显示"零"时没有显示出"壹"?

会不会有这种可能呢?

不过看到滚滚那好吃的样子他很快否定了这种猜测。

十星灵兽百年一遇,连蓬莱阁可能也没有。

4人走进了东来镇,立马被东来镇的繁华给镇住了。

这里的所有建筑装饰得富丽堂皇,而且还有可以飞行的"火烈马"供人租赁。这种马儿陆家也有一匹,把它当成神一样的供着,而在东来镇,仅仅是交通工具罢了。

真的是有钱得太不像话了。

东来镇规划得井井有条,一点也不混乱,每一条街道都很分明,进入城门就是东街,东街全部是一些卖武器的地方;再往右边走是北街,北街是妖兽皮毛交易市场;从北街往前走到西街,西街全是酒馆和青楼;若你想要进餐馆和打尖,那你就要到最后的南街了,那里全是客栈和餐馆。

街上没有吆喝的小商贩，都是商铺。在这样的地方做生意，想不赚钱都难。

也难怪这蓬莱阁势力如此大，一般人根本不可能将这个地方治理得井井有条。

为了满足滚滚的要求，4人径直来到了南街。

可出人意料的是，竟然没有店家接纳他们，倒腾半天了，连饭也没有吃上，滚滚在旁边早已怨声载道。

所有的店家回复都是一样：只有通过蓬莱阁登记的人才能够留宿和吃饭。

"这是什么破地方！"陆子馨忍不住抱怨道，不过她还是顺着店家所指的方向朝东来镇的中心——那一座7层高塔走去。

那高塔看起来高耸入云，高塔下还有17个大大小小的两层三层的小塔包围着。为了快一点到达蓬莱阁，4人租了两匹火烈马。

火烈马的速度真是快，看着那么远的距离，没几句话的工夫就到了。当然，这和火烈马拥有腾空的能力有关。

"蓬莱阁。"陆子馨看见几个大字悬在空中，恍若仙境，忍不住念出声来。

"好气派的地方！"陆子羽也忍不住感慨。

"别长他人志气灭自己威风，我们陆家也不差。"陆子馨白了陆子羽一眼，不过她也不得不感慨，陆家怎么能和这蓬莱阁比，单单是高塔外边用金箔装饰的墙，放眼神州估计也找不出第二个帮派有这等气魄。

"干什么！"蓬莱阁门口的守卫冷声道。

陆子羽发现这守卫的灵兽竟然和他的一模一样，四星的触地兽，简直让他无地自容。

陆子羽上前道："我们来登记。"

"登记在那边，二层高塔，看见没有？"那守卫说话的时候指着右手那个方向，头却没有动，仍然望着前方。他的个头很高，至少有一米八，让陆子羽站在他身边很不自在。

滚滚这时发现了守卫的灵兽是触地兽，忍不住开口道："小触触，好多你的小伙伴哦，哎呀，没想到都是些守卫。"

触地兽从那边冲过来道："熊猫，你胆敢再说一次，我就带你钻到地下去，你不是怕黑吗？"

滚滚无奈道："好啦，你和他们不一样，你不是守卫。"

触地兽："你……"

陆子馨过来阻止道："好啦，别说废话了，我们赶快去登记，等登记好了之后就去吃东西。滚滚，你要是再多话，只会耽误时间。"

滚滚立马闭嘴。

4人来到二层高塔的塔下,这里门口还在排着队,不过幸好人不多,只有寥寥几人,里面的手续也很快,用一个类似蝴蝶的东西在你的手臂上轻轻勾一个印记,印记很快就消失不见了。

站在陆子馨他们前面的人道:"我知道这是什么,这是紫蝴蝶,紫蝴蝶可以在人的身上留下蝴蝶印记,有效期为一个月,便于跟踪和识别。"

"这真是太过分了,那我们在东来镇,岂不是什么都被蓬莱阁知道?"

"喂,李兄,你想太多了,蓬莱阁才没有兴趣知道你那些鸡毛蒜皮小事儿,除非你违反了规定,要不然没人会理你。"

那青年男子干咳两声道:"也是,也是。"

陆子馨和陆子羽彻底无语了,这两人的灵兽都是五星级的灵兽啊,在蓬莱阁的眼里,都是一些小人物,这是什么概念。

我的天,这蓬莱阁也太变态了吧。

也真好奇,蓬莱阁里面的灵兽到底会有多少星级。

陆子羽和触地兽先进行登记,登记的速度很快,就是让紫蝴蝶在你的手腕处留下一个吻痕即可,而且吻痕随即就会在你手腕上消失。

到了陆子馨的时候，登记人员忍不住多看了两眼，陆子馨在这东来镇也算是一等一的美人，可是他却不敢动歪念。

但是在登记滚滚的时候，奇怪的事情发生了，那紫蝴蝶竟然不敢给滚滚做登记。

紫蝴蝶看到滚滚的时候眼睛里面还有一点畏惧。

"怎么回事？"那登记人员看到在那边的紫蝴蝶，站起身来望着站立着的滚滚，忍不住感慨道这家伙真可爱啊，没想到还有这么可爱的灵兽。

但是这么可爱的灵兽，紫蝴蝶为什么会害怕呢？

他也是第一次见到像熊猫这样的灵兽。

"你的灵兽是什么品种？"登记人员开口问道。

"熊猫。"陆子馨回答道。

登记人员告诉紫蝴蝶之后，紫蝴蝶仍有点畏惧地给滚滚做标记。

陆子馨在一边不满道："喂，有什么问题吗？"

登记人员回答道："好了，没有了。"

"真是莫名其妙。"陆子馨没好气道。

滚滚忍不住兴奋道："我们是不是可以去吃东西了？"

陆子馨白了它一眼，这家伙的眼里除了吃，还有什么？

"那我们坐火烈马过去吧。"滚滚提议，主动去租了一匹火烈马。

来到美食街，滚滚一连横扫了10家店铺，说我要这个，我还要这个，这个我也要，哇，那个也不错，嗯，好吃，老板，一样再来一份。

陆子羽保管着钱，陆子羽心疼地看到荷包一点点变瘪，想要劝滚滚少吃一点，可是看那家伙的阵仗就是不吃个饱誓不罢休。

陆子馨倒是无所谓，反正也不是她的钱，她不会心疼。

滚滚连续吃了10家店铺，才终于消停下来。

陆子羽和触地兽已经泪崩了，两人这些天猎杀妖兽挣的钱就这样去了五分之一，长此以往，怎么了得？

连想都不敢想那段猎杀妖兽不堪回首的往事。

"好了，我吃饱了，我要睡觉了。"滚滚拍了拍自己胀鼓鼓的肚子扭着屁股满足地说道。

触地兽耷拉着脑袋，敢怒而不敢言，彻底无语。

打架又打不赢滚滚，只有认输。

可是接下来，让陆子羽更彻底绝望的事情来了。

"不如我们就住那间店吧，看起来不错。"

陆子馨指着前方那家名叫溯源客栈的店铺。这家客栈出入的都是五星灵兽及以六星灵兽的御灵师，单从外表看就知道价格不菲,更让人傻眼的是老板还明目张胆地将价格张贴出来,避免一些没有钱的人进出这里。

滚滚立马附议:"主人,有眼光。"

陆子羽在那边面露难色道:"大小姐,我们的钱刚好够开两间。若是住在那里,我们就没有多余的钱了。"

陆子馨冷冷地望着陆子羽:"谁说你也要住在这里了?"

陆子羽不解地道:"大小姐,不住这里,我住哪里?"

陆子馨语气冰冷道:"你自己随便找一个便宜的地方住吧,爱住哪儿住哪儿,不过今天我要住在这里。"

陆子羽忍不住反驳道:"大小姐,你这未免有点……"余下的话,陆子羽还是没敢说出口。

在陆家,他还要仰仗着陆子馨呢。

这一路上,本以为两人之间已经有了进一步的发展,可是现在看来,这一切只不过是自己在痴人说梦罢了。

"有点什么?你说来听听。"陆子馨冷声道。

陆子羽叹息一声,垂首道:"没什么,大小姐。"

他乖乖地去给陆子馨付账,然后一个人灰溜溜地找了一间最便宜的客栈住下。

走进客栈,滚滚睡意全无,没想到这个地方如此富丽堂皇,进来后才知道别有洞天,简直物超所值。

这里的每一个房间后面都有一个独院,院子里面种满了槐树。正值槐花盛开的季节,洁白的槐花在槐树上尽情地绽放。客栈的小二皆是美女,这些美女都有灵兽,灵兽负责给美女端东西,还有一些灵兽会和主人一起表演。

住在这里面的人见到陆子馨进来后也是惊呆了。

没想到这不知道从哪儿过来的女御灵师竟然如此漂亮,这种冰山美人在这东来镇寥寥无几,不少人侧目观察,有人还在等待机会搭讪。

还有在这美女身边的灵兽也是奇特,不知道什么品种,多少星级,像这样可爱乖巧的灵兽众人还是第一次看见。

这时,只见一翩翩公子上前招呼道:"无比尊贵的小姐,欢迎你来到繁花似锦的东来镇,请问你来自哪里?"

他的手里摇着羽扇,给人的感觉书生气很重。

他还刻意将自己身边的灵兽喷火龙展示出来,曾经陆子馨也幻想过自己会有一只像喷火龙这样厉害的灵兽。不过现在有了滚滚,这一切都显得不那么重要了。

这喷火龙很不懂礼貌,对着滚滚一声咆哮。滚滚满不在乎地望着它,还向它问了声好。

那翩翩公子立刻阻止喷火龙道:"喂,小龙,不要吓着我美丽小姐的灵兽了。"

对这样的人，陆子馨一点好感也没有，她冷声道："让开，你挡着我的路了。"

那翩翩公子却毫不在意，似没听见陆子馨的话，打开扇子微笑道："我美丽尊贵的小姐，你是我见过最漂亮的女人，请收下我的折扇，让我陪你喝一杯吧？"

"滚！"

对于这样的人，陆子馨的态度一贯如此冷漠，刚开始她就想骂人，可是这地方人生地不熟的。不过最后她还是没有忍住，这青年轻佻的眼神让她很不自在，对付这样的人，最好的办法就是让他乖乖滚蛋。

听到陆子馨如此不给自己面子，翩翩公子脸色有点难看。喷火龙见到主人受辱，更是挡住去路，不肯让开，还忍不住咆哮了一声。

"到底滚不滚？"陆子馨又冷声说了一次。

"让开小龙，你怎么可以冒犯我尊贵的小姐呢。"这青年公子知道无法进行下去，干脆先让一步。他笑着道："我美丽尊贵的小姐，'滚'都是那些粗俗的人口中说的，你怎么能说出这么污秽的词语呢，你应该说'让'。"

随即，那青年让开了一条路，不过很奇怪的是，这青年上前搭讪之后，就再也没有其他人前来尝试了。

他的喷火龙是七星的，其他人都不敢惹。

可就在陆子馨和滚滚一起上楼的时候，滚滚似乎想到了什么，回头望着中年男子道："刚才你说请我们喝酒？"

中年男子没想到这呆萌傻乎乎的灵兽还对自己有意思，点头道："当然了，我美丽尊贵小姐的灵兽，你们想喝多少都没问题，还有你们的住宿和开销我全包了。"

"那你让小二抱4坛酒到我们的房间来吧。"滚滚笑着说道。它才不会觉得不好意思呢。

砰！陆子馨一个重重的"板栗"赏在了滚滚的头上，牵着它的耳朵一起回到了房间。

"主人，下次能不能别打我的头。"滚滚忍不住抱怨。

"那我打你眼睛，反正黑，看不出来。"陆子馨没好气道。

"打熊别打眼，我都是熊猫眼了，你还打我眼。"滚滚撅着嘴，瞪眼表示非常不满。

"谁叫你平白无故收人东西，那家伙一看就不是什么好人。"陆子馨打开窗户，脱掉鞋子，躺在床上道。

"那家伙有钱。"滚滚两眼放光。

"那也不是你和我的事情。"陆子馨沉声道："如果你胆敢再提那个人，小心我教训你。"

滚滚抱着头央求道："主人，我再也不敢了，但是在睡觉前，能不能让我先喝口酒。"

"没钱!"陆子馨毫不客气地拒绝。

滚滚眨着眼道:"主人,你还有这把值钱的剑啊。"

陆子馨瞪眼道:"你少打我这把剑的主意。"

滚滚失落的道:"小气鬼。"

陆子馨:"……"也不知道这家伙从哪里学来的这个词语。

这时,从门外传来了敲门声:"客官,请问休息了吗?"

"什么事?"陆子馨开口问道。

"客官,刚才那位公子让我给你送了4壶酒上来,现在方便进来吗?"

"你告诉那位公子……"

陆子馨的话还没说完,滚滚就一个箭步冲了过去,打开门道:"来来来,端进来吧。"

没想到还有不少的下酒菜。

陆子馨穿上鞋走过来,赏了滚滚一个"板栗",低声道:"谁叫你擅自做主的?"

店小二笑着说:"客官要是没什么事小的就先出去了,这酒可是18年的陈酿。"

滚滚才不管那么多呢,提起桌上的酒壶就喝了起来。

还一个劲儿的说好喝好喝,真是好酒。

陆子馨想到自己管不了这贪吃贪喝的家伙,只有认输不再管它,独自一人躺在床上休息。

店小二下来后,刚才那公子就问道:"他们喝了吗?"

"喝了。"店小二回答。

"太好了。"青年公子高兴得手舞足蹈,嘴里喃喃自语:"小美女,再过半个时辰,你就是我慕容卜的了。"

半个时辰过后,慕容卜悄悄推开了陆子馨的门。

滚滚这时已躺在地板上睡着了。

听到声响,陆子馨警觉问道:"是谁?"

"是我。"慕容卜小声道:"小美女,想我了吧?"

陆子馨立马抽出身边的玄铁剑,指着慕容卜道:"你闯入我的房间到底想干什么?"

慕容卜见她没有喝酒,心想反正都闯进来了,不管那么多了,蓬莱阁那边也有父亲去解释,扑上来道:"小娘子,你说我来干什么?"

"找死!"

陆子馨将"东来心诀"提升至极致,与玄铁剑法融合在一起。她想要一击毙命,斩杀了这无耻之徒。

可是慕容卜的实力太强了,他随手一拨,就将陆子馨的剑挑开,并顺势抱住了她。

"东来心诀,可惜只有上半阕,有点意思。小娘子,只要你顺从了我,下半阕等下我就给你。"慕容卜顺势就想要亲上来。

"滚开!"

陆子馨用力踹在他的裆部,慕容卜猝不及防,立马捂着裆部叫疼。

陆子馨捡起地上的剑,准备斩杀这登徒子。

这时,慕容卜的灵兽忽然吹出一口灵气,便将陆子馨弹开,给了慕容卜反抗的时间。

"好泼辣的小美女啊,不过我喜欢。"慕容卜从第一眼见到陆子馨的时候就被迷住了。喜欢他的人很多,但他觉得还没有一个人的相貌能媲美眼前这小美女。

陆子馨眼见不敌,滚滚又醒不过来,无奈之下,闪身退到窗户边,准备从窗口跳下,想必慕容卜胆大妄为,也不敢再公然追击。

可惜她身形未动,一个黑衣人从窗口倏然而进,紧接着又是一个……一刹间,6个黑衣人从窗外闪进,瞬间将两人围在中间。

陆子馨眼见这群人衣着整齐,面无表情,心下大骇。

为首的黑衣人脸色肃然,对着慕容卜一拱手道:"慕容公子，阁主说要亲自接见这女子，还请你不要为难我们。"

慕容卜惊疑稍定，冷声道："我还以为是谁，原来是蓬莱阁的10卫士，怎么不一齐现身？"

那黑衣男子并未动怒，客气道："慕容公子，此人对我们蓬莱阁有用，还请公子不要插手。"

慕容卜不依不饶："你们先打赢了我再说。"

慕容卜身后的喷火龙也仰天一声咆哮，整个房间顿时充塞着强烈的压迫感。

这一声咆哮，惊醒了正在睡觉的滚滚。

滚滚脑袋趴在双手上，睁开眼，红着脸望着陆子馨："主人，好吵，能不能让我安静休息会儿？"

第十二章　蓬莱阁主派人来抓
　　　　　陷入困境滚滚发威

不过滚滚醒来并没有吸引其他人的注意。

那6个黑衣人的背后，突然多出一名中年男子，从他的穿着来看，在蓬莱阁的地位应该不低。

"慕容卜，你最好不要插手这件事情，要不然我会去亲自禀告阁主，让你们慕容家难堪。"中年男子缓缓说道，语气铿锵有力，不怒自威。

慕容卜神色一黯，立马低声道："原来是四护法，既然你都出面了，慕容卜就不再多说，告辞。"

慕容卜微微一躬身，等他抬起头来，四护法的背后，竟然又出现了3个同样穿着的人。

慕容卜心中一震：四大护法一起出动，这小妮子是什么来头！要知道，四大护法是蓬莱阁阁主旗下最有权势的人，在整个东来镇见到四大护法如同见到蓬莱阁主。就算他慕容家和蓬莱阁主交情不浅，面对四大护法，也绝不敢乱来。毕竟在神州大陆，最有权势的不是他们慕容家，而是蓬莱阁。

陆子馨看到慕容卜躬身退去，心中更是不安，房间内弥漫着巨大的压力，她明白，四大护法的实力很强，强得吓人。

可是她不想就这样被抓去,她唯有寄希望于滚滚。反正自己是打不过的,单凭慕容卜前倨后恭的态度,她就非常明白。慕容卜打败自己其实只用了一招。

"这位小姐,我们阁主请你和你的灵兽到蓬莱阁一见。"为首的大护法客气地说道。他的态度不算强硬,可是语气却有点骄傲。

这阁主找自己干什么?陆子馨心中暗忖,自己好像和蓬莱阁之间并没有什么瓜葛,而且像自己这样的小角色,在东来镇多如牛毛。

她立刻想到了自己的灵兽滚滚,难道说那阁主看出滚滚的与众不同?

滚滚悄悄地躲在陆子馨身后,双手拉扯着陆子馨的衣角,从身后悄悄探出脑袋,害怕地望着眼前来势汹汹的四人,那样子看起来就像是一个小朋友遇上了坏蛋。

四大护法对于滚滚的举动有些失望。但是阁主的命令就是命令,从来都没有出错,所以几人也不会怀疑阁主的话有错。

四护法催道:"陆小姐,请你跟我们走一趟吧!"

陆子馨假装没有听见,转过身,牵着滚滚的耳朵,将这装嫩的家伙从身后拖了出来,赏了它一个"板栗",嘟着嘴道:"每次都躲在我身后,怕什么!"

大护法见陆子馨不搭理自己，只好说道："既然陆小姐你不愿意随我们前去，那可别怪我不客气了。"

他手一挥，6名黑衣人悄然退去。他又朝虚空中轻轻伸出左掌，一股无形的掌力向陆子馨袭来，要将她凌空捉去。

这掌中蕴含极强的灵力，空气也受到了波动，周围的人都感觉到了压力。

陆子馨可不想就此屈服，她将"东来心诀"提升至极致，可是还没反应过来，那人的掌力已将她整个人罩住。

这就是实力的绝对碾压。

"得罪了，陆小姐。"大护法轻声道，另外一只手也没有闲住，随手挥向旁边正在发呆出神的滚滚。

大护法左手扣住陆子馨，反手递给身边的护法，右掌掌力散开，罩住了滚滚，但是令他意外的是，他的五指扣向熊猫的时候，滚滚竟然从他掌下消失了。

四位护法竟然没有人看清滚滚是如何从掌力下逃脱的，心中吃惊不小。

大护法反应迅速，左手跟着挥出，这一掌灵力波动更大，滚滚周边三尺之内，全被掌力笼罩。

但是这一次还是和刚才一样，他五指下压，滚滚瞬间消失。

怎么可能？他还从来没有遇见过这样的情况。

要知道他自身的灵力至少能够和六星的灵兽媲美，从他手下瞬间消失，就算是八星灵兽也不可能办到。

站在他对面的熊猫却一副毫不知情的样子，自顾自把玩着手指头。

这对他简直就是奇耻大辱！他双掌合拢，在虚空中再次挥出"擒龙手"，这一次的擒龙手比刚才的灵力波动更大，他没有任何保留。

这次那熊猫要出手了吧！

可是那熊猫站在原地连动都没有动一下，"擒龙手"的灵力恍如泥牛入海，消失得无影无踪。

大护法心下大骇，立马对身边的三人道："老二、老三、老四，一起用捆仙索，这灵兽无论如何都要带回去。"

他从身上掏出一根金色的长绳，这绳索和普通的绳索似乎并无二致，但你若仔细观察，会发现绳索上写满了很多乱七八糟的文字，杂乱无章，也无序可寻。

"解！"

大护法轻声一喝，刚才还拧在一起的捆仙索立刻化为了一根长绳，落入4人手中。这捆仙索需要极大的灵力才能使用，因此4人必须同时出手才能够驱动。别看它仅是一根绳索，连九级妖兽都能够困住。

滚滚呆萌地望着眼前的4人,表情还是和最初一样可爱,只不过这一次它坐在了地上,眼神里面充满了不屑,似乎厌倦了这4人无聊的表演。

4人的熊熊怒火被点燃了。

"系!"

四人一起大喝,声音宛若洪钟,震耳欲聋。

刚才散开的金色绳索立刻铺开,从上而下形成一个金色的牢笼,电光石火之间就将滚滚给捆住了。

滚滚毫无反抗,不过它的表情憨然,坐在地上,朝着主人陆子馨不停地眨眼。

陆子馨也真是服了这只熊猫了,都什么时候了,还在那边撒娇卖萌。

"走,把他们一起带到蓬莱阁。"

大护法说道。可就在他转身准备离开的时候,让人目瞪口呆的事情发生了,坐在地上的那家伙竟然津津有味地吃起捆仙索来。

这捆仙索的坚硬程度和玄铁相近,刀剑都无法斩断,更何况是嘴。但就是这么奇怪,地上的那个家伙竟然可以将它给吞进肚子里。四大护法立马想要召回捆仙索,可是滚滚那家伙已经开吃了,怎么会让他们如愿。

这可是蓬莱阁的宝物，是女娲留下来的法器，对蓬莱阁是极为重要。若是被眼前这灵兽给吃了，几人回去还怎么给阁主交代？但是坐在地上的熊猫死活不松口，还越吃越快，生怕几人把这捆仙索给收回去。

这是个什么怪物？

四人第一次对眼前这不起眼的熊猫刮目相看。

陆子馨也觉得好笑，这个吃货还真是一点也不挑食，居然以这种方式让这目中无人的4个家伙吃了苦头。

一直躲在门外偷看的慕容卜更是说不出话来，它身边的喷火龙一脸震惊。

这可是连千年寒铁锻造的剑都无法斩断的捆仙索啊，坚如铁，韧如丝，就这样被眼前这只灵兽给吞进了肚子里？

这是何等的奇事？

在神州大陆上好像还没有一只灵兽能像眼前这黑白熊猫一样让四大护法吃瘪。

"收！"4人急急忙忙掐念口诀，想要立刻收回捆仙索，这时，捆仙索已经有一半被熊猫吞进了肚子里。

更过分的是，这家伙还拍了拍肚子，打了个嗝道："有点咸咸的，不好吃，要是能放一点辣椒就好了。"

"……"

为首的护法脸色极为难看,从他成为蓬莱阁护法开始,就没有失败过,也没有吃过亏,面对再厉害的妖兽,也能够从容应对。但是这捆仙索对熊猫好像没有什么用,阁主又有密令:只许邀请或者捆绑两人前来,现在4人内心已经肯定了眼前这只灵兽的不凡,也难怪阁主这么上心,反复再三强调事关重大,不可得罪。

看样子,是带不回二人了。

这时,躲在外边的慕容卜走进来说道:"4位护法,看来今天各位是带不走人了,哈哈。"

陆子馨在内心鄙视道:"这家伙还真是会见缝插针。"

刚才别人在抓自己的时候怎么没见他抖机灵?

为首的那位护法冷哼一声,根本不理他,然后目光望向另外3人,另外3人点点头,4人身形移动,迅速各就其位。

慕容卜点点头:"四位阵,蓬莱阁阁主也无法从四位阵逃脱。"

看来熊猫这次是躲不过了。

那为首的护法道:"不错,想不到慕容公子还见过四位阵,有眼光。"

慕容卜道:"我在家中的藏书上见过,想不到四位护法还会四位阵,真是失敬。"

陆子馨在那边问道:"什么是四位阵?"

慕容卜解释道:"四位阵是通过4位灵力很强的人构筑的东、南、西、北归位,被围在中间的人灵力不足4人合力的灵力,就将无法使用灵力和无法行动,而被困住。在这个神州大陆,能够超过4人合力的,可能除了阁主,就再也没有其他人能够办到了。"

"合!"

为首的护法大喝一声,4人的方位开始不停地转动,这4人的灵力通过方位不停地变动融合在了一起,灵力汇聚在一起的时候,形成一道灵力构筑的圆柱,这圆柱将滚滚困在其中,肉眼已看不清楚。

圆柱内灵力波动很大,这可是4人合力的灵力,就算是蓬莱阁阁主也无法突破这个束缚。

"滚滚!"陆子馨大叫一声,可是在圆柱内的滚滚却听不见,被灵力屏蔽了。

4人施展法术维持了两分钟,见圆柱内并未发生异常,大护法胸有成竹地对另外三人道:"收!"

一阵白光闪过,刚才的灵力范围在缩小,逐渐压缩成了一个小圈,灵力不断地凝聚在了一起,硬生生将滚滚困在其中。

可是让人大跌眼镜的事情发生了。

四人联合的灵力一靠近滚滚,悉数被弹了回来,灵力对它竟然一点作用也没有。

为何会这样?

大护法最先发现异常,立马对另外3人道:"加大灵力。"

这个时候,灵力已经只有滚滚身体般大小。

坐在中间的滚滚,索性坐在地上,打着哈欠,傻乎乎地卖着萌,还朝陆子馨吐了吐舌头。这家伙还真的是一点危机感也没有。

不过它撒娇的样子实在是太可爱了,那双眼睛简直就是造物主的偏爱。

这时陆子馨也发现了这4人合在一起的灵力也无法困住滚滚。

滚滚到底有多强,她心中的疑问更大了。

蓬莱阁的人要带她和滚滚一起,肯定是看到了滚滚和其他灵兽的不同,不惜派出四大护法。

看到几人吃瘪,陆子馨格外高兴。

大护法心知不妙,他发现自己的"四位阵"已经失效了,此时的熊猫也已恢复了元气。它坐在那边,行动自如,他若想困住它,已无可能。

他垂头丧气!他出手还从来没有失败过,这是第一次,也是最后一次,他绝对不会允许有下一次。

"熊猫，你愿不愿意跟我回蓬莱阁？"沉默片刻，为首的大护法开口了，语气带点乞求又带点要挟。

滚滚望向一边的陆子馨，见陆子馨在那边摇头，滚滚也跟着摇摇头。

"既然如此，那我们几人也不勉强。"

说完，刚才的圆柱形灵力柱化为一阵白光之后突然消失。另外3位护法也站到了大护法身后。

"撤！"

大护法一声"撤"，几人飞身射出窗外。

陆子馨大感不解，这四人退得毫无理由，一旁的慕容卜献着殷勤："像蓬莱阁四大护法这么骄傲的人，一击不成，必不再战。而且我敢肯定阁主也交代了几人不能动手，这样做的目的可能是为了验证灵兽的实力，不过陆美女，你这灵兽从哪里弄来的啊？多时我也给我妹妹弄一只。"

慕容卜谄媚地望着陆子馨。

陆子馨没好气地冷言道："慕容公子，刚才我和滚滚陷入危难的时候你可是打了退堂鼓，我应该没有记错吧？"

慕容卜尴尬一笑，拱手道："陆美女，我刚才也是不得已而为之，人都有自己的难处。"

陆子馨嘴角冷笑道："那慕容公子，你还是快点离开吧，等下若是麻烦再找上门了可不好。

慕容卜低声道:"陆美女,你也听见刚才我的对话了,那几人并没有要为难你的意思,况且我们慕容家和蓬莱阁之间也有往来,我想几人邀请你去,若有什么难处,也会向父亲禀明,让他从中周旋,还请你不要误会在下了。"

"对不起,慕容公子,我已经累了,你快些离开吧。"陆子馨别过头,走到滚滚身边,轻轻摸了摸滚滚的额头。

滚滚在那边靠着她,傻乎乎地说:"主人,我饿了。"

慕容卜在那边笑着道:"哎呀,熊猫大人饿了正好,在下立马让小二安排吃的送上来。"

陆子馨大声冷语道:"慕容公子,你是听不懂人话吗?"

"休得无礼!"陆子羽带着灵兽从门外奔进来,他心中一直牵挂着陆子馨,不敢睡得太死,可惜一路太累,等到被隐隐约约的打斗声惊醒,赶过来时,已经是故事的尾声了。

慕容卜见陆子羽闯进来,干笑一笑,摇了摇头,叹气道:"既然陆小姐困乏了,那么在下就先告辞了。期待日后再见。"

陆子馨冷哼一声道:"还是不要再见为好。"

慕容卜从容而去。

陆子馨扭头看了看陆子羽,淡淡说道:"子羽,我困了,你也走吧。"

陆子羽只好低头失落道："那……子馨，我先告辞了。"

陆子羽不舍地离开房间，带上门的时候还悄悄又瞄了两眼。这两年，大小姐长得真是越来越水灵了，在这东来镇，也是不可多见的美女。刚才她叫了自己子羽，这还是大小姐第一次这样称呼自己。

陆子羽感觉两人的关系似乎又有了一点突破，心中暗自窃喜，这一路上的付出总算有了一点收获。

陆子羽离开后，陆子馨对滚滚道："滚滚，蓬莱阁的人是不会善罢甘休的，我看我们还是逃走吧！"

滚滚望着她，傻乎乎道："主人，你不是说过打不过也要打吗？"

陆子馨无语了，这家伙是什么逻辑，完全不按套路出牌啊。

第十三章　两人悄悄潜入北方　神秘阁主亲自现身

两人还是趁着夜色悄悄离开了东来镇。

这一次，陆子馨没有选择走回头路，陆家并不是最好的选择，她不想连累陆家。陆辰峰也在蓬莱阁修炼，陆家和蓬莱阁之间的关系更多是附庸。

到底那神秘的蓬莱阁主想邀请自己和滚滚干什么，陆子馨不清楚。对蓬莱阁，她失去了所有好感。

东来镇离北境很近，乘坐飞行兽可以直接将他们送到北境边缘。

但若要继续往前，就只有靠自己了。

坐在火烈马上，熊猫紧紧地抱着陆子馨，眼睛也不敢睁开。

"滚滚，你能不能把手放松一点？"陆子馨望着前方，双手抓着火烈马的缰绳道。

"主人，我恐高。"滚滚害怕地越抱越紧。

"那要不我们再飞高一点？"陆子馨开心地笑道。

第一次遇见这家伙吃苦头，不好好戏弄一下，怎么对得起以前它给自己带来的苦楚。

"不要，不要。"滚滚紧张道。

"好啦,已经到了地面了,你可以松手了。"陆子馨低声道。

"真的?"滚滚闭着眼害怕地问道。

"真的。"陆子馨肯定道。

滚滚悄悄睁开眼,发现自己还在空中,一眼都望不见底,害怕得大声叫道:"啊,救命!"

火烈马身体不停地左右摇晃,两人险些摔下去。

又飞行了将近半炷香的时间,方才来到北境。

一下火烈马,就有不少贩卖皮毛的商人在吆喝:"前往北境的御灵师们,凛冬将至,马上又要下大雪了,各位赶快买件皮毛御寒吧。"

陆子馨走得很突然,并没有带陆子羽一起,她身上还有些首饰,本想着在路上若是饿了可以换一些吃的,但是刚到北境入口,就发现身体直打哆嗦,根本抵御不了北境的寒冷。

按理说灵气也能御寒,但是这北境的寒冷还真不一样,冰冷刺骨。

有商人上前招呼道:"小姐,你是第一次来北境吧?实话告诉你,北境可不是灵气就能够御寒的,我劝你还是买一件皮衣吧,我这里什么价格的都有,一看你就不是普通人家,这件上好的水晶貂,二千两,不贵吧?"

"不用了,谢谢。"

陆子馨一路往前走,发现这里的价格都比较贵,身上的首饰也值不了多少钱。换了一件青色的皮袄披在身上之后,准备和滚滚一起进入北境。

不少人想和她结伴而行,但都被其严词拒绝。

这些人都是垂涎她的美色,陆子馨自然无感。

刚进入北境,寒风凛冽,千里冰封,整个世界银装素裹,白茫茫的一片望不到边。

流淌的河流到了这里,立马被结冻成冰,不少的灵兽也抵抗不了北境的严寒和主人一起退了出来。还好陆子馨给滚滚穿了一身厚厚的衣服。

有人在一边好心提醒:"小姑娘,北境可不是闹着玩的,每年去北境历练的人,能够活着回来一半就不错了,我劝你啊趁现在还有回头路,赶紧回家去吧。"陆子馨低头笑了笑,以示感谢。

她和滚滚两人慢慢地走在北境的路上,沿着之前有人走过的痕迹一路向前。

北境,极寒之地,这里的妖兽都很聪明,而且至少都是四星妖兽。

在陆子馨心里,北境一直有一层神秘的面纱。

当进入北境的时候,陆子馨明显地感觉到了滚滚的不一样。

怎么说呢？一向傻乎乎的它似乎变得有点沉重，不太像平时的样子。

滚滚的表情变得越来越严肃，她刚想问滚滚，几个不速之客就出现了。

在整个神州大陆，到处都有蓬莱阁的眼线。

想要从蓬莱阁的眼皮子下溜走，几乎不可能。

四大护法拦住了两人的去路，在四大护法中间，还站着一位中年男子，样子很和蔼，不像四大护法一副凶相。这中年男子长相也是不凡，一对丹凤眼，五官像是用刀雕刻一般，轮廓分明。那满头银发更像是世外高人，仙风道骨，不过他的表情却显得有点不满。

"陆小姐，就这样走了，似乎不太礼貌吧？"为首的中年男子沉声道。

令陆子馨感到奇怪的是，这里的天气如此寒冷，这中年男子的面前，竟然没有一点雾气，这吐纳和天地间已经融为一体。

在他身边，还站着一只全身通红被火焰燃烧着的不死鸟。

这不死鸟是九星灵兽，陆子馨开始怀疑这个人的身份。

"你是蓬莱阁阁主？"陆子馨忍不住开口问道。

"想不到小姑娘还有几分聪明。"中年男子微笑道："不错，我就是蓬莱阁的阁主凌天，你父亲陆远和我交情不错，这些年承蒙我的照顾你们陆家才有今天的地位，另外你们陆家的陆辰峰现在也在蓬莱阁修炼。陆小姐，事出突然，我四大护法冒昧打扰你实属不该，但是今天，我可能要和他们犯同样的错误了。"

蓬莱阁阁主所站的地方，再也没有寒冷。

连刚才还感觉到有点冷的陆子馨，也觉得丝丝暖意从前方传来。

"恕子馨冒昧，凌天阁主，你邀请我和滚滚两人前去到底所为何事？"陆子馨忍不住开口问道。

她知道今天就算是不想去也必须要去了。

蓬莱阁阁主都亲自出面了，如果再不去父亲那边也不好交代，更何况她很清楚自己根本不可能逃得过蓬莱阁阁主的掌心。

"陆小姐，也许你还不知道，在远古时候，你的灵兽熊猫是"食铁兽"，和我们蓬莱阁颇有渊源，具体情况等回到了阁上我再详细道来。此地寒冷，不宜久留，不如就请你和熊猫一起坐上我的灵兽回东来镇吧。"蓬莱阁阁主的话让陆子馨无法拒绝。

她和滚滚一起坐上不死鸟,回到了东来镇。

陆子羽发现陆子馨不见的时候,就急忙去蓬莱阁找陆辰峰,陆辰峰得知此事后,立马向人打听陆子馨的下落,得知陆子馨去北境又知道阁主也亲自前往北境之后,陆辰峰让陆子羽不要着急,等下在蓬莱阁自会见到人。

果不其然,等陆子馨和阁主一起回来了,陆辰峰和陆子羽想进去见见阁主,可是却被其他人拦了下来。

陆子羽想要强行去救陆子馨,却被陆辰峰拦了下来,说你这样没有用,你的触地兽在这里根本用不了。

阁主凌天带陆子馨来到蓬莱阁最高的一座塔,塔底有8人把守,这座塔藏着蓬莱阁的一切秘密。

陆子馨跟着走了进去,凌天向她介绍道:"这是蓬莱阁历史最为悠久的一座塔,叫玄塔,顾名思义,此塔藏着玄机。至于有何玄机,我想食铁兽既然选择你作为它的主人,那么必然也有它的道理,告知你也无妨。"

说话的时候阁主望了一眼陆子馨身边的食铁兽,这家伙刚才在不死鸟身上的时候就在睡觉,都这个时候了,还睡得不亦乐乎,真是一只有趣的灵兽。

不过十星的灵兽他还是第一次见。

在神州大陆,目前最高的就是他的九星不死鸟,战斗力堪比十星。

每一届阁主换届的时候,不死鸟就会涅槃重生一次,认取新的主人,也就是蓬莱阁新的阁主。

十星灵兽到底有多强,凌天也不知道。但据昨天四大护法所言判断,至少4个人加在一起都不是十星灵兽的对手。

"阁主好!"

镇守第一层塔的御灵师打开门,只见里面暗黑无光。可是当阁主走进去之后,立刻灯火通明。

在这层塔上,记载了一些奇怪的梵文,陆子馨一个也不认识。

滚滚在外面睡觉,阁主知道只要说服了陆子馨,那么熊猫自然就不是问题,现在时间紧迫,刻不容缓,要不然他也不会如此渴求陆子馨的帮助。

"陆小姐,这第一层塔'子塔',上面梵文的意思是指在远古时期,人类和妖兽之间争夺整个神州大陆,持续了一千多年,不分胜负。你看见上面那个圆形的开关没有?你只要轻轻扭动那个开关,你就会看到影像,当时战场上所有的一切都会清清楚楚地呈现在你面前。那个时候生灵涂炭,妖兽以食人为乐,民不聊生,神州上下祸乱四起,百姓苦不堪言,天无宁日。"

陆子馨缓步走到那个开关面前，这个开关是一个龙行的铜跋。她回头望了一眼阁主，在阁主的示意下，陆子馨扭动了铜跋。

奇怪的事情发生了。

子塔中出现了许多虚像，这些虚像重现了当时的场景，妖兽和人类争夺这个世界。那个时候的人类很弱，被妖兽赶到了如今的"东来镇"，为了避免妖兽继续进攻，人们在"东来镇"修筑长城，以拒妖兽。

修筑了长城之后，那些不会飞行和穿地的妖兽就无法通行，这样就减少了一大半的妖兽力量，人们勉强能够在此对抗妖兽。可是妖兽的实力一直在提升，人类精英却越来越少。当时最残忍的一次，就是血屠长城，有一只实力超群的妖兽冲过了长城，杀掉了当时人类的领袖蚩尤。

在阁主的带领下，陆子馨来到了二层，阁主介绍道："这是亥塔。"

亥塔和子塔不一样，亥塔所现是一些奇怪的图案，这些图案都是武器。在这里，陆子馨看到了传说中的轩辕剑、东皇钟、盘古斧、昊天塔、伏羲琴、神龙鼎、炼妖壶、崆峒印、昆仑镜、女娲石上古10大神器。

上面还记载着十大神器的详细资料，但是不知道为什么，只有女娲石的资料是残缺的。

陆子馨忍不住问道:"阁主,为什么这里没有女娲石的资料?"

阁主低声道:"陆小姐稍后便会知道了,继续跟着我走吧。"

两人又往楼上走去,阁主介绍道:"这一层塔是'申'塔。"

陆子馨发现这一层塔记载了许多妖兽和神兽,还有许多妖兽和神兽之间的战斗。

其中有一个地方是空白的,也不知道为什么,妖兽有饕餮、穷奇、混沌、梼杌,但是在这妖兽的地方,有一处好像以前有,现在又没有了。陆子馨忍不住好奇地问道:"阁主,以前这里是什么妖兽?"

阁主说:"凡是死了的妖兽,在这里都会有记载。有一只妖兽,本以为已经死了,后来发现还没死,所以没有记载。"

"什么?还没有死?"陆子馨忍不住惊呼道:"为什么能活这么久?"

根据这上面的记载,这些妖兽都是极其厉害的,翻手为云覆手为雨,还有妖兽活在这个世界上,这到底是怎么回事?远古时候人类不仅有神器,还有强大的神兽作为支撑,现在的人们根本不够远古妖兽一根手指头。

阁主叹气解释道:"它叫九婴,等下你就知道怎么回事了。"

陆子馨还是第一次看见阁主叹气，那么也就是说这妖兽真的存在了。

太可怕了，这样的妖兽还活在这个世界。

在另外一边也记载了许多神兽，不仅有青龙、白虎、朱雀、玄武，还有赤凤、青鸾、鸿鹄、鸶鹭、鹓鶵，这些神兽在战斗中和妖兽一起殒灭，但是只有朱雀有记载还活着。从不死鸟看，陆子馨估计阁主的灵兽应该就是朱雀。至于为何朱雀跟着蓬莱阁，陆子馨相信后面肯定会有答案。

两人继续往上走，阁主介绍道："这是戌塔。"

戌塔上就出现了九婴，刚才阁主说的那只妖兽。这妖兽有九只头，一看就狡猾至极，这上面还有人类和九婴之间的战斗。陆子馨指着那个人类问道："她是谁？"

"她是女娲。"阁主解释道："在那次妖兽和人类的大战中，九婴逃掉了，女娲追杀九婴，最后女娲殒灭，九婴被封印在了腾格里沙漠。"

"慢着。"陆子馨打断道："你刚才的意思是说这只会各种法术的九婴还活着？"

"不错。"阁主点头道："我们蓬莱阁存在的目的就是为了封印九婴，只是近些日子不断有妖兽输送精血，封印出现了松动，还不知道能镇压多久。"阁主满脸惆怅。

再往上走，阁主介绍说这是最后一层塔"寅塔"。

寅塔上记载了蓬莱阁的由来还有一些典藏。

"阁主，我看完了，但是我还是不知道你为何会邀请我和滚滚一起来。"陆子馨不解地问道。

"陆小姐，典藏里记载有食铁兽的由来，食铁兽是十星灵兽，在整个神州大陆，我也是第一次见到十星灵兽。刚才我也说了，近期镇压九婴的地方出现了异常，我需要你的灵兽帮忙，至于你的灵兽有多厉害，想必我不说你也应该知道吧！为了神州大陆的安宁，我恳请你能够贡献一分力量。拜托了。"阁主拱手低腰道

蓬莱阁主对自己如此真诚，陆子馨有点不好意思推托，只是她还未能将这些故事消化，她大概明白是怎么一回事了。她没想到，在这神州大陆，还有这样一个怪物存在，她很担心滚滚，那个傻乎乎的家伙怎么可能会是九婴的对手。

阁主再次请求道："陆小姐，最近北境不太平，想必你下山历练也发现了，不仅是北境，连我们南方也受到了牵连，许多妖兽开始主动攻击我们，而且眼睛腥红。实话告诉你，它们之所以眼睛腥红是因为它们被九婴控制了，我估计九婴就要重现人间了。在九婴没有出来之前，我希望能够聚集一切能够团结的力量，趁它还未完全恢复将其击杀。"

陆子馨犹豫不决："阁主，我先回去和我灵兽商量一下再决定怎么样？"

阁主笑道："那是自然。如果陆小姐你不愿意帮忙，我们也不勉强你。只不过我想你们也不希望神州大陆生灵涂炭吧？这可是每一位御灵师的责任。"

"我会尽力和它沟通的。"陆子馨点头道。

阁主沉声道："有陆小姐这句话，我就放心了。"

陆子馨从塔上下来的时候，滚滚刚好醒了，阁主命令仆人给两人安排了上好的房间和许多美食，然后就离开了。

有一个仆人在旁边专职伺候两人。

滚滚醒来后就开始狂吃，吃饱了之后用脑袋在陆子馨的肚子上挤了挤，咕哝道："主人，以后我们可不可以就住在这里了，哪儿也不去？"

陆子馨纳闷了："为什么？"

滚滚抬起头，呆呆地望着陆子馨道："主人，这里不仅有好吃的，还有好喝的，更有人伺候我们，像这样的好地方，哪里去找？"

陆子馨摸了下它脑袋瓜子道："无事献殷勤，不是什么好事。"

滚滚傻乎乎道："不管那么多啦，反正我们只要有吃有住就行。"

陆子馨对自己这只傻乎乎的灵兽简直是无语了。

不过想到它多次出手相救,陆子馨忍不住问道:"滚滚,你到底有多厉害?"

滚滚指了指自己还没有擦干净的嘴,还有那肥白肥白的大屁股道:"我也不知道。"

陆子馨被搞得哭笑不得:"你的意思是你最大的能力就是吃和用屁股坐人?"

滚滚忍不住一个劲地点头:"主人,你终于开窍了。"

陆子馨:"……"

晚上,滚滚很早就睡了过去。这家伙一点危机意识也没有,可是陆子馨辗转反侧,难以入眠。

她心里一直在徘徊这件事情要不要告诉滚滚,她知道滚滚很厉害,可是她又有点私心,若是失去了滚滚,她会非常难过。

她想先缓一日吧,等这家伙再过两天好日子,到时候打架也会卖力点。

一夜无眠。清晨,公鸡鸣叫的时候陆子馨才倒头睡去。

还好和她睡在一起的是滚滚,两人都比较能睡,直到日上三竿,两人才起床。

等仆人伺候好了两人沐浴更衣之后,仆人对陆子馨道:"陆小姐,阁主在偏厅有请,说有要事相商。"

陆子馨没想到这阁主如此着急,完全在意料之外,不过她却没有办法反驳,身为御灵师,保护神州大陆责无旁贷。

在偏厅,还有陆辰峰和陆子羽两人也在。

陆子羽见到陆子馨后关心地上前问道:"子馨,他们没有为难你吧?"

陆子馨摇头答道:"没有。"

本来陆子羽还想多问两句,陆子馨却上前去招呼陆辰峰道:"辰峰哥,你怎么也在这儿?"

陆辰峰回答道:"还不是子羽担心你,要不是他来找我,我还不知道你也来了东来镇呢。"

话音刚落,凌天匆忙走来,他双眼乌黑,想必一宿没睡,显然是出了什么大事儿。

跟随在阁主身后的,还有面无表情的四大护法,这4人一看也是一宿没睡。

阁主凌天对陆子馨道:"陆小姐,现在情况紧急,请你立即和熊猫前往北方,我这边会安排飞行兽送你们,另外四大护法也会和你们一起。"

陆子馨冷声道:"什么情况,还请阁主说明再走不迟。"

阁主凌天严肃道:"镇压九婴的封印已经蠢蠢欲动,破印就在近日,从东来镇到北境腾格里,至少需要半日。陆小姐,请你快快动身。"

滚滚在一边还在吃着餐桌上的水果,听说立马要动身,赶紧将所有水果一起装在自己随身携带的布袋中,拖着一个巨大的布袋,比它的身子还要大。

阁主凌天诧异地望着它:"熊猫大侠,你这是?"

滚滚正义凛然道:"我要吃饱了才有力气战斗。"

阁主凌天尴尬一笑道:"这样会影响飞行的。"

滚滚满不在乎道:"那我先吃饱了再走。"

这家伙也不客气,不停地往嘴里喂食物,速度之快,令人目瞪口呆。

陆子馨实在有点看不下去了,一个"板栗"赏了过去,大声道:"走啦,还吃什么。"

滚滚垂头丧气的只好跟着一起走,可是在走的时候,还不忘回头再拿一个水果。

阁主给几人安排的飞行兽是孔子鸟,此鸟是整个神州大陆最快的鸟,日行千里。

滚滚翻身骑在孔子鸟身上,担忧地问道:"主人,这鸟安全吗?"

陆子馨回答道:"很安全。"

滚滚担忧的道:"可我怎么感觉有点晃来晃去。"

陆子馨道:"因为已经在飞了啊。"

"啊?"滚滚这才发现两人已经在半空中了,立马闭上眼道:"孔子鸟,别飞太高啊,我恐高。"

可是这孔子鸟似乎没有听见,越飞越高,让它越来越害怕,越来越恐慌。

滚滚紧紧地抓着缰绳,头靠在陆子馨的肩上,担忧道:"主人,我们会不会掉下去?"

"不排除有这个可能。"

"掉下去会不会摔死?"

"肯定会。"

"会不会死得很难看?"

"那是肯定的。"

"那我们可不可以不去了?"

"当然不行。"

"可是我想上厕所。"

"憋着。"

"憋不住了。"

"还是要憋。"

"……"

一路上，这个话题不断重复，腾格里沙漠很快就到了。

腾格里沙漠黄沙飞舞，昔日的平静被狂沙打破。好在孔子鸟的眼睛能够阻挡风沙，要不然根本无法前行。

他们坐在孔子鸟身上，发现地上的妖兽们不断地向这个地方涌来，越来越多，妖兽大军何其凶残，一路上一些较弱的妖兽直接被践踏而过，也不管是不是同伴。

飞在前面的大护法大声道："不好了，九婴要出来了。"

第十四章　九婴一出天地色变
熊猫滚滚初战告负

流沙不停翻滚，整个腾格里沙漠都陷入沙暴之中，孔子鸟都快要坚持不住了。

这样大的腾格里沙漠，除了九婴，没有人能够翻动它。

大护法立即对众人道："兵分四路，驱动灵力，加强封印。"

四大护法立刻散开分为4路，速度又再一次提升，眨眼之间，已消失在了陆子馨和滚滚眼前。

滚滚一直不敢睁眼，可是陆子馨却被眼前的景象震慑住了。

地上的妖兽至少有上万只，它们前仆后继地往沙暴最中心的地方冲去，一旦进入沙暴，就没有妖兽能够从中逃出来。

它们这是在干什么？

难道它们不知道一旦进去，就会没命？

孔子鸟降落在了临近沙暴中心的山峰之上，陆子馨发现这些妖兽大军源源不断，它们的眼睛腥红，和当初她看到的白虎兽一模一样。

这九婴到底是何方神圣，竟然有如此强大的号召力？

自己身边弱小的滚滚真的是它的对手吗？

四大护法已经来到封印处，4人和灵兽一起驱动灵力，注入封印之中，4人的灵力很强，又有聚灵石的帮助，自然更是厉害。

封印有了灵力之后，立刻变得强势起来。

刚才还很薄弱的封印，立即在沙漠中形成一道巨大的透明屏障，你根本看不见其存在，但是所有的妖兽都已经冲不进沙暴了。

"还好及时赶上了。"大护法忍不住感慨道。

他带着另外3位护法一起进入封印之中，他们还剩下最后一道工序，就是在屏障最中心的封印上注入灵力。

只要巩固了封印之力，至少还能镇压九婴一阵子。

可是当4人进入封印之中的时候，立刻被弹了出来。

从地底传来一个狂妄的声音："愚蠢的人类，你们也胆敢镇压我？当年女娲都没能杀死我，就凭你们这些蝼蚁？简直就是痴心妄想。"

大护法立刻驱使自己的灵兽天尺狮，另外3位护法也跟着驱使自己的灵兽天尺狮，4s只狮子同时仰天发出一声巨大的咆哮，想要镇破九婴的虚像。

可是一点作用也没有。

那空中的虚像越来越清晰，黄沙堆砌的九头怪物屹立在空中。那9个怪头睁开眼,让人感觉毛骨悚然。

这难道就是九婴?

第一次见到九婴的陆子馨吓得惊慌失措,那眼神摄人心魄,距离那么远,无形的压力还是源源不断传来。

一向呆萌的滚滚见到九婴的时候出乎意料的镇定,它没有感到害怕,相反异常冷静。

它的目光注视着九婴,九婴在这个时候也看到了它。

虚空中,九婴的头伸了出来,可是到了封印门的时候,又被弹了回去。

四大护法都看到了九婴的异常。

机会!

大护法对3人齐声道:"上!"

4人一起和天尺狮向九婴的虚像冲了过去,一口气就灭掉了九婴的4个头。

可是刚才消失的头又冒了出来。

这样的攻击对九婴一点效果也没有。

九婴动怒,那9个怪头整齐地望着为首的大护法。

仅仅一个眼神,就已让大护法无法动弹。

奇怪的是,它却没有立即攻击大护法。按照九婴的实力,只需要轻轻一个手指头就可以灭了大护法。

为何它迟迟不动手？

大护法恍然醒悟。

九婴虚像一出现，众人就将目光注视在了九婴的虚像上，从而忽略了封印，这虚像是九婴消耗自己的灵力构筑的，也就是说它没有攻击力，只有灵力控制。

九婴企图以此来拖延时间，等它突破了封印，就是几人的死期。

好阴险的家伙。

醒悟之后的大护法立即对另外三人道："不要管我，这虚像没有攻击力，立刻去加强封印，它是在拖延时间。"

另外3人此时也已醒悟过来，立刻扑向封印。

"已经晚了！"

从地底传来一个自信的笑声，3人还没有到得封印，就被虚空中无形的利刃弹了回去。

3个人，每个人都受了伤。

速度之快，肉眼难辨。

"哈哈，我九婴终于重见天日了。女娲，你封印了我一千年，整整一千年啊，可是女娲，你死了，我还活着，是不是很可悲啊？"地下的笑声越来越重。

这时，地底开始嗤嗤作响，封印的铁链也开始颤抖，那一道道封印，一点点地在遭到破坏。

在封印的正中心，地动山摇，忽然出现了一个巨大的山峰，肉眼看不清楚样子。这个山峰足有10丈高，而且看样子还有另外几个山峰，九婴从那几个山峰中露出那9个狰狞的怪头，让人毛骨悚然。

这一次的它再也不是虚影，而是真实存在的九婴。

不过它的身上还被黄沙裹着，不太能看清楚样子。

黄沙缓缓掉落，那9个巨头再一次出现，感受到阳光后的它还来不及睁眼，仰天一声长啸，响彻云霄，天地为之变色，刚才停止的妖兽大军见到它后立马大声欢呼起来，源源不断地向它冲去。

它是妖兽之王，没有妖兽敢忤逆它。

它能够控制一切妖兽。

这就是真正的九婴吗？

妖兽大军明知是死，却依然前仆后继地冲过去。

它太可怕了，那9个头腥红的双目，无视一切生命。

当初和女娲战斗过的妖兽，被封印了一千年的妖兽，重现人间，到底会掀起多大的腥风血雨？导致多少森森白骨？

四大护法中只有大护法尚未受伤，他立马过来对陆子馨道："陆小姐，趁九婴还没有完全恢复，我们一起重伤它，再次将它封印起来吧。"

大护法乞求地望着陆子馨,他现在只有将希望寄托在陆子馨的身上,别无他法。

面对场上的局势,陆子馨非常镇定地对滚滚道:"滚滚,别再隐藏实力了,上,和四大护法一起打败它。"

刚才在一边全神贯注的滚滚早就按捺不住了,这9个头的怪物好像它的宿敌。

滚滚立马站起身子,从山峰上跃下,身体笨重的它此刻非常矫健迅速,动作一点也不迟缓,速度很快,比那些妖兽还要快。

刚到山峰脚下,滚滚就对着孔子鸟道:"好好保护我的主人,如果我的主人有任何不测,小心我吃了你。"

孔子鸟知道这家伙贪吃,也知道它是十星灵兽,自然不敢怠慢,害怕得连连点头。

这一次的它,爆发力很强,再也没有任何隐藏。

面对那9个头的怪物,它没有畏惧,反而更加勇往直前。

它像一个圆球,从山峰底不断地冲过妖兽大军,千军万马的妖兽大军被它杀出了一条血路,一拳击在地上,凿出了一个大洞,周围的妖兽都受到了不小的波及,灵力之强,连在一边的大护法也有点震惊。

不过他更多的是兴奋。

大护法大声道:"上!"

另外3位受了伤的护法也没有迟缓,封住自己受伤的地方,和大护法一起跟在滚滚的身后向九婴冲了过去。

"你们4个在一边待着。"

滚滚对着4人说道。然后双手扑在地上,又是一拳,这一拳没有凿出大洞,却刚好波及了九婴身边源源不断给它输送血液的妖兽。

这些妖兽直接被这一拳给打飞了。

这就是滚滚真正的实力吗?陆子馨还是第一次见到,太强了,十星灵兽。

"吃我一拳!"

滚滚单脚站立,从地上跳入空中,这次腾空直接飞起七八丈高,身体笨拙的它却没有一点迟缓,凌空一拳,朝着九婴最高的那个头。

它很聪明,知道是这个头在指挥着其余的头。

在这个头上还有两个触角,这就是它觉得不一样的地方。

"你这个该死的蝼蚁。"

九婴怒了,恼羞成怒地望着熊猫。

它另外8个头一起动了起来,3个头张开狰狞的獠牙想要将滚滚困在空中，想要一口将它吞下去。

那3个头的速度很快，比滚滚的动作还要快。

"不好！"

大护法4人想要施救，可是为时已晚，这3个头的速度实在是太快了。

"雕虫小技。"

滚滚在虚空中，连续挥出十多拳，这些拳头就像是大大小小的雨点，全部击中九婴刚才冲过来的3个头，这3个头感觉吃疼，退了回去。

滚滚却没有罢手，望着那个最高的头，再次从空中跃起，又飞起四五丈高，它的屁股正好对着九婴为首的头。

滚滚的屁股陆子馨是知道厉害的，刚才滚滚制服九婴的那几下也令她刮目相看，这家伙，平时看起来憨痴痴的，打起架来还真不含糊。

"咣！"

滚滚的屁股就像是一口洪钟，不偏不倚地坐在了九婴为首的那个头上，气势排山倒海，速度不快，威力却是无与伦比。

滚滚和九婴再次掀起黄沙，挡住了所有人的视线。

不过那一声巨响所有人都听见了。

妖兽也停止往前，观察着战况。

"砰！""砰！""砰！"

接连 3 声，九婴整个身子倒在了地上。

另外 8 个头也受到影响一起倒在了地上。

这个巨大的身躯掀起的黄沙更是严重。

在地上出现了一个深坑，九婴为首的那个头正好掉在了深坑中，另外 8 个头睁着眼望着眼前的滚滚。

成功了？

在一边才反应过来的大护法 4 人立刻过来，想要再次将九婴封印起来。

滚滚从地上跃起，拍了拍屁股上的黄沙，望着倒在沙漠中的九婴。

好不容易费了九牛二虎之力才将这家伙给撂倒。

一出手就打败了九婴，陆子馨第一次有这种感觉，自己真的捡到宝了。

滚滚这家伙放眼整个神州大陆恐怕找不到第二个对手。

世间罕有啊，也难怪在东来镇没有见到和它一模一样的灵兽。

"啊，好疼！"

"咔嚓"声不断从地下传来，这是九婴脖子扭动的声音。刚才被滚滚打倒的那个怪头，又再次从黄沙中站了起来。

正准备过去封印的大护法4人还未来得及封印，就又被击退。

另外8个头也跟着一起抬了起来，九婴扭动着脖子，9个怪头一起扭动，看起来有点恐怖诡异。

紧接着，它缓慢地睁开眼，眼睛里面充满了熊熊怒火。

它阴冷地笑着，俯视着面前渺小的滚滚道："你这个黑白相间的灵兽，胆敢伤我，受死吧。"

九婴彻底怒了，可是它很清楚，自己的灵气还没有完全恢复，要不然刚才也不会挨了那一下。它必须有点保留，不能将灵力耗尽。

这么难得重见天日，若是又被这些蝼蚁给封印起来，它还配叫远古妖兽吗？

待它重新站起来之后，妖兽们又开始贡献自己的灵力给它，九婴在恢复，刚才冲破封印的时候消耗了太多的灵力，它现在不敢和几人硬碰，它必须找一个地方将吸收的灵气炼化，否则就会适得其反。

女娲封印它的时候还给它留了一手，就是灵力已大不如前，只有以前的一半，虽说它现在是冲破封印了，可是实力却是大打折扣。

女娲啊女娲，你还真是冥顽不灵啊！那你就睁眼看着我对这个世界残忍的杀戮吧。

另外那4人对自己几乎没有威胁,但是那个不知道从什么地方冒出来的黑白色的灵兽,竟然能够伤到自己。它感觉那家伙的灵力很强,现在它必须给它点厉害尝尝,要不然它还真的以为自己好欺负。

"来吧,蝼蚁们,尝尝我九婴的怒火吧。燃烧吧。"

九婴的9个头一起钻入了黄沙之中,躲了起来,起伏不平的黄沙在短暂的波动中又再次恢复平静。

滚滚还没来得及出手,九婴就凭空消失了。

地上的妖兽们不断地往刚才九婴消失的地方冲过去。尸体早已堆积如山,可是九婴却不见了,它们又开始到处乱窜。

紧接着,在九婴消失的地上,黄沙卷动,整个天也变成了灰色,黄沙盖住了天。

"不好,沙尘暴要来了。"为首的大护法惊呼道。

另外3位护法也忌惮道:"若是这样,其他的妖兽也会被卷入。"

"你们真是天真,你以为九婴在乎它们的生死吗?"

几人恍然大悟,立刻过来和滚滚站在一起,准备逃走。

滚滚却摇了摇头,将刚才悄悄藏在身上的水果一口吞入腹中之后,对着地上连续挥出十多拳,罡风波动,周围的妖兽们都被这罡风所伤,四大护法也远远地躲在陆子馨身边。

"还不出来?那我就打到你出来为止。"

滚滚这一次动作更快,你只能看到它出拳的残影,地动山摇,刚才的黄沙被它打出了一个巨大的圆形大洞,就像是罗马的斗兽场。

刚才裂变的天,也渐渐恢复了平静。

这时,九婴也拖着身子从地上冒了出来,眼中全是怒火。

这家伙竟然敢趁自己还未完全恢复揍自己,简直不可原谅。

"滚滚小心,它在你身后。"陆子馨大声吼道。

她的声音传到了滚滚的耳朵里,滚滚转身对她点点头。

这时,九婴看出了两人之间的关系。

它知道,自己的机会来了,看来上天注定是要它九婴重出于世了。

再也没有人能够阻拦它。

这黑白毛茸茸的家伙竟然是那个小姑娘的灵兽,有趣,真是有趣。

本来要扑向滚滚的九婴身形一转,便来到陆子馨面前。

陆子馨还是第一次这样近距离地观察着九婴,九婴的高大让她惊讶得说不出来话来。这怪物真的太吓人了。

"得来全不费工夫。"

九婴扭动了下脖子,狰狞地笑着。

它身上的黄沙掉落,陆子馨连眼睛都睁不开。

四大护法本想抵抗,可是九婴太强了,4人根本没有还手之力。

这家伙的一个头,都比陆子馨要大十多倍。

一声怒吼,九婴最左边的那个头从背后伸了过来,想要一口将陆子馨吞进肚子里。

孔子鸟刚才感觉到了危险,本想带陆子馨离开,可是它发现已经晚了,在空中,更不是九婴的对手。

在这里,也许还有机会获救。

它本来就很弱,没有什么战斗力,只不过它的速度很快,在飞行兽中排名前三。

另外一边的滚滚也发现了异常,猛然一拳凿在地上,借助这罡风形成反推之力,凌空一拳向九婴袭来。

可是还是太晚了,九婴的速度太快。

滚滚根本来不及,而且还有另外8个头在拦着它。

"熊猫,等我吃了你的主人,再来和你战斗。"九婴阴冷地笑着,声音很尖锐。

这还是众人第一次听见它的冷笑。

这时,一直藏在地下的陆子羽突然出现在了陆子馨的面前。

触地兽钻到了山峰上,替陆子馨挡住了九婴这一下。

触地兽直接被撕裂成了两半。

突如其来的变故让九婴彻底被激怒了。眼看自己就要得手,这渺小的触地兽竟敢挡住自己的攻击,真是不知死活。

陆子羽站在地上,亲眼看着触地兽被撕裂成两半。他的心也被撕碎了。

陪伴他几年的触地兽,被眼前的九婴一下就杀死了,他却无能为力。

四大护法立刻将陆子羽保护起来。

"可怜的蝼蚁。"九婴冷声狂笑。

这种狂笑让陆子羽更是痛不欲生。

陆子馨低声问道:"子羽,你怎么来了?"

陆子羽惊魂未定,答道:"大小姐,家主让我保护你的安危,寸步不离,我岂敢不来。听说你们出发之后,我让辰峰送我过来的。"

陆子馨叹气道:"子羽,你不该来的,对不起,触地兽它……"

陆子羽伤心道:"大小姐,说这些已经没有用了。我的确不该来的。"摸着尸体尚有余温的触地兽，他不断重复道："我不该来的，不该来的。"

"子羽，别太伤心了。人死不能复生，灵兽也是一样。"陆子馨再次安慰道："以后我将东来心诀传授给你，一样可以提升自己。"

不提东来心诀还好，提及这更加激发了陆子羽内心的不满，他心中满腔委屈："你是大小姐，你就算没有灵兽都有无数人尊重你，我一直盼望着有天能够迎娶你，可是没有了灵兽，陆家人将如何看我？我还是御灵师吗？你知不知道御灵师是我一辈子的梦想。现在,我亲手摧毁了这一切,恍若黄粱一梦。"可这些，在陆子馨面前又怎好说出口。

看陆子羽情绪激动，陆子馨不好再安慰他，走到一边，默默地难过。

对啊，对子羽而言灵兽可能就是他的一切。一个人的一切都没有了，自己又拿什么来安慰他呢？承诺？承诺不过是自欺欺人的手段罢了。

但也正是触地兽的牺牲，为滚滚争取了时间。

"九婴，你竟敢伤我主人，找死！"

滚滚一拳打在了九婴最高的那个头上，这一拳汇聚了它全部力量，罡风波动，灵力在拳风中像一个瀑布，一泻千里。

这一击，它势必要将九婴给打倒。

可是就在这时，刚才还很紧张的九婴9个头一起咧嘴笑了起来，它的嘴边还有血迹，看起来非常恐怖。

"哈哈哈，果然不出我所料，你们这些灵兽啊，就是多情。"

九婴拧回自己的怪头，9个头一起将滚滚包围了起来，滚滚处在了9个头的中心，刚才的这一拳被九婴轻松卸掉了。

9股不同的灵力从九婴的9个头中涌来，滚滚根本无法出招，完全被压制在了这结界之中。

"没有用的，这是我的9头结界，当年女娲也费劲全力方才挣脱我的结界，以你的力量是没有办法挣脱的。"九婴的9个头一起笑着。

"来吧，接下来尝尝我的怒火。"

九婴还没完成恢复，支撑9头结界的时间不可能太久。9个头的灵力同时波动，在虚空中，只见9个怪头聚合在了一起，为首的那个头在虚空中形成残影，猛然出击。滚滚还想以拳头迎击，可是拳头挥出去却一点作用也没有，那个头撞向滚滚的腹部。这一击，将滚滚打入地下，横着躺在沙漠中。那个怪头在天上阴冷地笑着。

砰！砰！砰！

又是连续3下，滚滚这一次就没那么幸运了，被打到了黄沙中,刚才还能看见它的身影,现在的它已被沙土淹没。

黄沙渐渐地合上。

"不!"

陆子馨大声地叫道:"滚滚,不,不能这样。"

九婴对着滚滚大声笑道:"蝼蚁们,我要让你们永世不得超生。"

被黄沙掩埋的滚滚用力从黄沙中腾空跃出,可是再没有力气挣扎了,望了陆子馨一眼,缓缓地掉在地上。

它已经拼尽了全力。

刚才挨的重击,已经让它身受重伤,就算是不死,也无法恢复最好的状态了。

"对不起了,主人。"滚滚闭上眼,等待死神的宣判。

从这熊猫的出现,九婴就感觉到了威胁,现在,无论如何也不能让它逃走。

九婴张开大口,只见9个头重新出现,其中为首的那个头叼着滚滚的身体,另外8个头伺机上来将它四分五裂。

九婴也不想再耗费灵力维持结界,既然解决了这只熊猫,其他人对它就再无威胁。

"永别了。"

九婴的8个头一起撕咬向熊猫,本来它可以用灵力撕碎,但是它要将熊猫的灵力转化为自己身体的一部分。加上地上的妖兽们又开始不断地输送灵力给它,它感觉到自己的力量在更快地恢复,虽说只有以前的一半,但是一半已经足够了。整个神州大陆没有了女娲,又有谁会是自己的对手呢。

刚才一直在旁边伺机而动的大护法立刻道:"趁现在,上!"

另外3位护法一起驾驭着天尺狮分别站在四个方位,4人一起拿出了聚灵石,为首的大护法拿出一块类似"戒尺"的东西握在手中,嘴中不断地念着一串梵文。

这串梵文很长,不过他念的速度却是极快,那戒尺发出宝绿色的光亮,越来越亮。九婴也发觉了异常,不过它必须先解决这只它感觉到了威胁的熊猫。这几个蝼蚁量他们也要不出更大的花样。

"放!"

4人一起发力,只见那绿色的戒尺从大护法手中飞出,一阵绿色的光芒横扫而过,整个地上的妖兽瞬间灰飞烟灭,方圆几里,波及范围之广,令人震惊。

九婴不得不放弃已经到手的滚滚,立刻驱动灵力抵挡这绿光。

这戒尺它认识,这是当年女娲腰间佩戴的信物,女娲从来没用过,看来女娲在临死前还封印了一部分灵力在其中,这该死的女娲，还真是阴魂不散啊。

不过这一点灵力就想重伤它九婴，也未免太异想天开了。

九婴立刻躲进了黄沙之中，不过它的动作还是慢了，有3个头被绿光斩掉。

幸好为首的那个头逃掉了。

这该死的女娲。

九婴躲在地上不敢出来。

大护法立刻对孔子鸟道："救人！"

几人立刻救下陆子馨和滚滚，可是他们却忘记带走陆子羽。

陆子馨大声道："慢着，还有子羽。"

大护法道："已经来不及了！快撤，九婴又要出现了。"

大护法感觉到妖兽大军再次冲了过来，刚才只是杀掉了很少一部分妖兽，厉害的妖兽还在后面呢，救了陆子羽，大家都走不了。

"不！大小姐，带我一起走。"陆子羽声嘶力竭地哀求道。

"你们不能丢下我，我会被妖兽吃掉的。"陆子羽蹲在地上，看着孔子鸟越飞越高，他知道，他们是不会回来救自己的了。

"子羽，对不起。"陆子馨默默地低着头，望着地上的陆子羽，心中充满了愧疚，她很想回去救他，可是她现在必须听大护法的。

而且孔子鸟也承载不了那么大重量。

触地兽为自己而死,子羽自己也没有办法救,陆子馨第一次感觉到了自己无用。

此时的滚滚也咳嗽不止,身受重伤,嘴里还一直在流血。

滚滚痛苦地睁开眼:"主人,我要吃红烧肉。"

陆子馨擦掉眼角的泪珠,摸着它的头道:"好,回去就给你弄红烧肉。这家伙最喜欢东来镇的红烧肉了。"

滚滚努力地笑了笑:"我要吃个够。"

陆子馨鼻子酸酸道:"要吃多少有多少,就怕你吃不完。"

滚滚又干咳了一声,道:"那我先睡会儿。"

滚滚身上全是伤痕,看到身受重伤的滚滚,陆子馨哽咽着说不出话来。

如果可以的话,她真的希望两人还是和以前一样,无忧无虑,没有负担,开开心心的,但是现在看来就是一种奢求。

几人刚刚离开不久,九婴就从地上钻了出来,所有妖兽的眼睛就是它的眼睛。它刚才被斩杀的3个头又重新长了出来。

在九婴身下的妖兽问:"王,还要追吗?"

九婴摆手道:"不必了,等我恢复元气,这神州都是我的。你们赶快给我召唤更多妖兽,我需要灵气疗伤。"

"遵命！"

通过妖兽的召唤，越来越多的妖兽从远方冲过来，刚才在战斗中，没有召唤妖兽，现在九婴吸食着妖兽的精血，现在更多更厉害的妖兽也来了。

九婴不管多少星的妖兽全部吞噬在了身体里。

它感觉快了，只要再过半个月时间，它就能够完全恢复了。

没有了女娲，这个世界，还有何人是他的对手？

这些如蝼蚁的人类，也胆敢和我们妖兽争夺地盘，真的是不知天高地厚。

滚滚躺在孔子鸟身上，刚才对话结束后就一直处于昏迷状态。陆子馨扶着它，一直担心。

四大护法也受了不轻的伤，大家默不作声，齐齐驱力赶往蓬莱阁。

走在中途，陆子馨突然低声对孔子鸟道："等一下，送我们下去。"

孔子鸟停顿了一下，不过还是将两人放了下去。

它在一边，等待着陆子馨的下一步指示。

陆子馨扶着昏迷不醒的滚滚，对孔子鸟命令道："你随他们回蓬莱阁吧。"

孔子鸟本想询问缘由，看到受伤的滚滚，它打消了这个念头。振翅飞入空中,和四大护法一起回蓬莱阁去了。

陆子馨在一边守护着滚滚,她将滚滚的头放在她的腿上,抚摸着滚滚身上的伤痕道:"滚滚,你可不能有事啊。"

两人这三年多的感情还有那种灵契关系已经让两人心灵相通,滚滚感觉到了陆子馨内心的忧伤,它缓慢地睁开眼,噗的一口鲜血吐了出来,傻笑着道:"主人,我还要吃东西呢,怎么会舍得死呢。"

"你这个傻瓜笨蛋灵兽。"陆子馨泣不成声,抱着它的脑袋,也不顾它嘴边的血迹是否弄脏了自己的衣服。

滚滚还活着,这种感觉真的太好了。

坚强如她也控制不住内心的情感失声痛哭。

滚滚现在是她唯一的精神寄托,这一路历练,如果不是它,自己可能早就命丧黄泉了。

刚才之所以让孔子鸟将她和滚滚放下,是因为她已经厌倦了这些争斗,神州大陆的安危自然会有人去守护,而她和滚滚已经尽力了。她只想找一个世外桃源,和滚滚一起不问世事。

在滚滚被黄沙掩埋的那一刻,她突然很害怕失去滚滚,她已经离不开这只呆萌憨憨的灵兽。

只是她觉得有点对不起陆子羽,很内疚,她能够感觉到陆子羽当时内心的绝望。

如果她当时执意要救,说不定还能救下陆子羽。

可是最后,她也没有选择坚持。

人各有命,这或许就是陆子羽的命。

第十五章　蓬莱阁主寻找熊猫滚滚再次大战九婴

蓬莱阁。

所有在蓬莱阁有地位的人都来齐了。

阁主凌天站在中央，抬头望着蓬莱阁的人。这些都是人类的精英，然而他们和妖兽比起来还是太弱了。

阁主凌天朗声道："各位，九婴已经复活，想必大家以前也听过九婴的传闻。我们蓬莱阁的任务就是为了镇压九婴不让九婴重现人间。但是现在九婴一出，妖兽又恢复了血性，我们蓬莱阁不能坐视不理，今天，我召集大家前来，就是想告诉大家，一周后，我们将会集结人类大军，与九婴殊死一搏。此次九死一生，大家要作好心理准备。"

"阁主，怕它个鸟，有我的眼镜蛇在，管它九婴还是十婴，通通毒死就是。"

"你个蠢货，如果你的眼镜蛇都能够毒死它，那阁主这么着急干什么？"

"我听说四大护法联手都不是九婴对手，你说说，你的眼镜蛇能有何用？"

"好了,大家都别说了。"阁主凌天望着下面的人，厉声道：

"我们一起对付九婴都不是对手,更别说九婴的身边还有神州大陆最厉害的妖兽。"

"那我们明知不敌还偏偏要去?"

"我们蓬莱阁的人没有退路。各位回去好好准备吧,身为蓬莱阁的一员,不能当缩头乌龟。如果蓬莱阁没有了,那么整个神州大陆也就消失了。"

"是!"

所有的人退了下去,四大护法走过来对凌天道:"阁主,你不应该这样打击大家的士气。"

凌天叹气道:"难道你没有发现这些人的自信吗?他们的自信来自于哪?这些年,谁听说蓬莱阁都退避三舍,如果不敲打一下他们,那么我们去对付九婴的时候会死得很惨。"

大护法点头道:"是啊,这些人还是很自信。对了阁主,我已经四处派人打听熊猫的下落了,暂时还没有消息。"

凌天负手道:"陆家派人去打听了吗?"

大护法回答道:"陆家也派人去打探了,还一直派人盯着那边的情况,暂时还没有熊猫的消息。不过据孔子鸟所说的情况,估计熊猫和陆子馨应该躲在青城山的某个地方,要不要派人去搜查一下?"

"还有一周的时间,这样,你们4人亲自去青城山搜查,一有消息立马通知我。"

"遵命,阁主。"

四大护法离开了蓬莱阁,为何阁主执意要找熊猫,他们很明白,那只熊猫的实力只会在阁主之上,而不会在阁主之下,况且上次它就重伤过九婴,是几人亲眼所见。

不过也有人觉得没必要带上熊猫一起,阁主平时也很少展示自己真正的实力,有了不死鸟,阁主的实力四人联手都不是其对手。

陆子馨和滚滚两人此时正在青城山上摘果子吃。

上次滚滚受伤之后,一直未能恢复,只有拖着自己的身子,勉强跟着陆子馨往前一步步地走。

它的内脏受了伤,吃了东西也不消化,更严重的是,它在日渐消瘦,这是滚滚最不能忍受的事情。

拖着慵懒的身子,陆子馨在前面不停地抱怨它走得太慢了,一点精神也没有。

滚滚跟在她的身后,喘气解释道:"主人,我们可不可以不吃野果子了?"

陆子馨回头白了它一眼:"依照你现在的身体状况,只有吃野果子才有可能康复。"

"可是我感觉我瘦了,没有以前好看了。你看我的熊猫眼,现在都快凹进去了,眼珠子也在变小。主人,你说以后我会不会变得很丑啊?"

"你现在已经很丑了。"陆子馨没好气道。

"那不行。"滚滚跑到水池边,望了一眼水池中消瘦的自己,嘟着嘴道:"还好尚保存着一丝英勇帅气。"

陆子馨掩嘴笑着走过来道:"快点走,要是再这样,估计我们又要天黑才能下山了。上次天黑的时候,是谁怕黑来着?"

滚滚立马站直身子,指着前方道:"走吧主人,我现在感觉精力充沛,充满了能量。"

"这次比上次要远一些,上次的野果已经被我们摘完了。"陆子馨抬头望了一眼前面的山路,指着对面的那座山道:"我那天过去观察了一下,对面那座山的野果子要多点,这次我也准备带一些工具过去,这样我们可以多摘一点。"

两人加快了速度往另外一座山走去,原来两人藏匿的这座山荒草丛生,不易被发现行踪,不到万不得已,陆子馨也不想去对面那座山。

那座山虽说果实很多,味道也甘甜,但若是有人来找两人,肯定轻易就能找到。

陆子馨想滚滚已经身负重伤,就算是找到了,也无济于事,索性放下顾忌,和滚滚一起快速赶过去。

四大护法在这青城山已盘桓了两日，也未发现两人踪迹。

令4人吃惊的是这次两人竟然主动出现在了视线中。

大护法让另外3位护法在这边盯着，他立即回去向阁主禀报。

阁主凌天得知消息后，旋即和不死鸟一起来到青城山。

不死鸟在青城山上发出几声嘶鸣。

惊动了青城山的所有鸟儿。

在四大护法的带领下，阁主找到了陆子馨和滚滚。两人这段时间一直生活在一个隐秘的山洞里，也难怪蓬莱阁的人找不到。

听到不死鸟的叫声，陆子馨知道躲避已经来不及了，但就算是蓬莱阁阁主，也不能恢复滚滚的健康吧。

这样滚滚就不必再去参加战斗了。

阁主凌天和四大护法一起来到山洞门口，滚滚正躺在床上睡觉，陆子馨在门口练习着"东来心诀"。

凌天笑着道："陆小姐的"东来心诀"还缺下半阕啊，还真是巧了，我这里正好有下半阕，赠送给陆小姐。"

话音还未落地，凌天就从身上将"东来心诀"的秘籍丢向陆子馨。陆子馨接过"东来心诀"，翻了一下，发现果然是下半阕，道："子馨谢谢阁主。只是不知阁主前来，所为何事？"

凌天微笑道："鄙人来此，不外乎一件事情，熊猫。"

陆子馨道："阁主，滚滚它已身受重伤，内脏俱损，不信你可以亲自前去查看，如果你还在期望它能够帮上忙，可能要让你失望了。"

凌天严肃道："熊猫的事情我也知晓一些。陆小姐，实不相瞒，还有3天，我们将会集结人类大军与妖兽大军一战。如果此战失败，那么整个神州大陆将会生灵涂炭；如果侥幸获胜，那么也必将付出惨痛的代价。多一个人，我们就多一些胜算。"

陆子馨面无表情道："阁主，你的心情我能够理解。如果滚滚能够帮上忙，我自然义不容辞，只是它现在身受重伤，去了也起不了任何作用。"

凌天表情凝重："其实有一个办法可以治疗熊猫的伤。"

陆子馨迫不及待问道："什么办法？"

凌天道："不知你听说过没有，人和灵兽之间有一个契约，这个契约能够让人和灵兽之间产生一种血缘关系，在人孵化灵兽的时候人的精血就会成为灵兽的食物。"

陆子馨茫然道："你说的这些我都知道，不知道阁主你想表达什么意思？"

凌天严肃道:"如果你肯牺牲自己的精血,就能够治疗熊猫。但是熊猫是十星灵兽,需要的精血至少在 30 年,这会让你衰老 30 年。"

凌天在说这话的时候忍不住望了一眼陆子馨,他心里暗忖如此貌美的女子会舍得牺牲自己的容颜吗?

女子的容貌对她们来说太重要了。宁可不要灵兽也不能没有了美貌。

陆子馨沉默了,她在犹豫。

凌天也感觉到了她的动摇,至少现在看来,还是有机会。

这时,一个不该出现的人出现了。

一只飞天龙盘旋在青城山的上空,在几人的面前降落下来。

陆远从灵兽身上走下来,看到满脸憔悴的女儿,忍不住喊道:"子馨。"

陆子馨热泪盈眶地扑了上去,也不顾及其他人,这些日子她承受的委屈太多了。

"好啦,孩子,没事了。"陆远摸着她的头不停地安慰她。

她的泪水不停地流,恨不得现在就在父亲的怀里哭个够。

她不管陆远的出现是不是凌天的安排,但是能见到父亲,对陆子馨而言就是一种幸福。

以前这个保护自己的人,不忍心让自己遭受一点委屈的人,如此真实地站在自己面前。

多少个日夜,她都期望自己能回到小时候,成为在父亲怀里那个骄纵长不大的小女孩。

"子馨,你的事情爹都听说了,好样的,你没有给陆家丢脸。"不喜表达的陆远也忍不住对陆子馨翘起大拇指。"你娘让我给你捎句话,别累着自己,做自己喜欢的事情。"

陆子馨一个劲地点头,她慢慢离开了父亲的怀抱。

"阁主,能让我和女儿单独说两句话吗?"陆远请求道。

凌天笑道:"当然可以。"

陆远和陆子馨两人并肩走到一边,陆远关心道:"孩子,你消瘦了,也长大了,变得连爹都快不认识了。"

"爹,你也瘦了不少。"陆子馨关心地说道。

"孩子,这次爹前来是有事要告诉你,神州大陆即将陷入混乱,这事儿你应该比我清楚,蓬莱阁阁主希望我能够劝你用自己的精血来替滚滚疗伤,但是爹不希望你这样做,爹希望你做一个简单快乐的人,别理会太多尘世之事。如果你不想接受阁主的邀请,我和他之间有一个约定,我可以立刻带你回家,你还是陆家大小姐,过着以前的生活。"陆远微笑道。

"爹,我知道你是为我好,但是现在神州混乱,我不能坐视不理,上苍既然将滚滚赠与了我,这个神州大陆上唯一的十星灵兽，那么我想肯定是有什么意义。从小我就天不怕地不怕，牺牲几十年的精血有什么可怕的，不过我害怕的是我们最后连一个生活的地方也没有，你和娘会被妖兽吃掉，你辛辛苦苦建立起来的陆家会毁于一旦。这才是我真正害怕的地方，至于我个人，我真的没有什么好害怕的。"

"孩子，你真的成长了，再也不用爹为你操心了。但是爹真的不希望你插手这些事，做一个简简单单快快乐乐的大小姐就好。"

"爹，我知道的，你放心吧。不管做什么，我依然是那个开开心心快快乐乐的陆家大小姐。对了爹，子羽在上次救我的过程中牺牲了自己的灵兽，最后走的时候我们也没来得及带上他，估计凶多吉少，你记得厚待一下他的家人。"

"子羽是个孤儿。"陆远面色凝重道："他是个好孩子。子馨，这也是那孩子的命，你不要往心里去。"

"爹，我知道的。不过我已经决定用自己的精血来治疗滚滚，我不能眼睁睁地看着神州大陆覆灭。"

"你决定了我也不阻拦你，但凡事都要慎重，三思而后行。"

"我知道的爹，你放心吧。"

陆子馨和陆远又寒暄了一些家常，两人走了过来，站在那边焦急等待的蓬莱阁主一直忧心忡忡地注视着北方。

北方自从九婴出现后就一直乌云密布,再也没有放晴过。

天象异常,必有妖邪出现。按照现在的情形看,此次凶多吉少。

房间内,只有陆子馨和滚滚两人。

滚滚还在睡觉,陆子馨用手抚摸了下它毛茸茸的脸,轻轻划开自己的手腕,用灵气将精血逼入滚滚的喉咙。

滚滚睁开眼,见到陆子馨正在将精血源源不断地输给自己,脸色越来越苍白,容颜在极速地衰老。

它刚想阻止,陆子馨阻挠道:"别!不要乱动。"

滚滚仍想阻止,陆子馨摇头道:"别半途而废。"

滚滚只好闭上眼,半炷香的时间过去,陆子馨昏倒在了地上,吸收到主人精血的滚滚立马精神十足,感觉整个人又恢复了能量。

它缓慢地走向主人,眼神沮丧,空洞无力,昔日貌美如花的女主人看起来现在仿佛一个苍老的老人。她的脸上和手上全是皱纹,安静祥和的脸再也不如最初般楚楚动人。

然而这一切都是为了它。

一向爱美的主人竟然为了自己丧失了美貌,滚滚心里很清楚,这意味着主人以后再也没有办法恢复容颜,一个女人丧失了容颜等于失去了一切。

滚滚蹲在那边，安静地守护在陆子馨身边，它第一次亲吻了主人的额头。

蓬莱阁阁主凌天和陆远一起走了进来，发现陆子馨的容貌苍老后，两人的脸上露出惋惜的神色，陆远的声音也有点哽咽，他最爱的女儿，这一次的牺牲太大了。

阁主凌天在一边提醒滚滚道："我们要立刻前往北境，阻止九婴。若是妖兽大军南下成功，到时候再想阻止它恐怕就难上加难了。"

滚滚似乎没有听到他说话一般，默不作声。

陆远走上前安慰道："滚滚，去吧，到需要你的地方去，子馨这边有我照顾，你放心好了。"

滚滚依旧蹲在那边，一动不动。

两人也是束手无策，只有等着。

没有人能明白滚滚心里有多痛苦，它憨憨地望着主人，眼珠子一动不动，它和主人三年多的感情容纳在它那憨憨的脑袋里，就像是电影一样一幕幕回放。

让人心疼。

它不会走，除非陆子馨醒来。

蓬莱阁阁主和陆远两人也只有静观其变，现在这个状况，若是陆子馨不醒来，两人也没有办法。

四大护法也在那边焦急地等待着,只有4人知道,九婴到底有多厉害。

阁主凌天的实力虽说强过4人,但是和九婴比起来还是太弱了。

凌天走过来吩咐几人道:"你们几人先将五星以上的御灵师全部召集起来,等我号令。没有我的指令,谁也不要轻举妄动。此次大战,凶多吉少,但我相信有女娲在天守护,我们定能战败九婴。"

"遵命!"四大护法离开了这里。过去了一整天的时间,陆子馨方才醒了过来。

她干咳了两声,大声叫道:"水,水。"

陆远将水递给她,她喝了水后,头像挨了闷棍一样,看着自己苍老的手,心中早已有了准备的她还是有点难以接受,又抬起手摸了摸自己的脸,脸上全是褶皱,她哽咽着,不说话。

滚滚在那边可怜地望着她,看到恢复了原样的滚滚,她内心才稍微有一点安慰。

可是她并不好受。从她脸上勉强挤出的笑容还有摸着滚滚的脸蛋颤抖的手就能看出。

她比母亲还要苍老,她不敢照镜子。

"爹,滚滚。"陆子馨轻声喊了两声。

陆远点点头，滚滚用自己那圆圆的脑袋顶着她的手，没有说话。

"你怎么还在这？"陆子馨抚摸着滚滚的脑袋问道。

又抬头望了一眼站在门口的阁主凌天。

她明白了，没有她说话，滚滚是不会离开的。

她太了解滚滚了，两人之间的羁绊只有两人能懂。

"滚滚，你快随阁主去吧，时间紧迫，等你打败了九婴，到时候我让厨房给你好好准备一顿红烧肉。"

"不。"滚滚一个劲地摇着头。

"听话，快去。"陆子馨轻笑道。

她的笑容看起来有点苍白无力。

"不，主人，我想陪着你。"滚滚语气坚定。

"快去，解救人类的浩劫全指望你呢。我相信你能行的。"陆子馨在滚滚的额头上亲吻了一下。

滚滚不舍地站起身子，拉着陆子馨的手渐渐放开，走了两步，又回头道："主人，等我打败了九婴，我要吃红烧肉还有肉包子。"

"死性不改。"陆子馨笑道。

"嘿嘿。"滚滚不好意思地挠头。孔子鸟早已在那边等候多时。

临走前，滚滚大声道："主人，记得吩咐厨房多做一点，少了不够吃。"

陆子馨没好气道："就怕你吃不下。"

滚滚翻身骑在孔子鸟身上,看到滚滚离开后,陆子馨一把抱住陆远,"呜呜呜"地哭了起来。

女儿的伤心,陆远能懂,她爱美,比任何人都要爱美。

这憔悴的容颜,还能分辨是自己的女儿,只不过她能承受这一切吗?

坐在孔子鸟上,凌天的不死鸟就在上空,凌天传音给滚滚道："滚滚,此战必定险恶,等下你负责对付九婴,其他的妖兽交给我。妖兽最蠢的地方就是不知道团队协作,这也是我们最有利的地方。"

滚滚点点头。

阁主骑在不死鸟身上,在北境的边上停了下来。

下面一共集结了数以千计的御灵师,这些御灵师是蓬莱阁最精锐的力量,他们训练有素,为的就是今日面对妖兽的时候可以一战。

阁主凌天熟读兵法,知道排兵布阵的重要性,因此他将御灵师分为了3个方阵:第一个方阵是冲击型和耐打型,这个方阵的目的就是冲散妖兽,这一方阵由大护法亲自坐镇指挥,进攻的时候就由冲击型走在前面,而撤退的时候就由耐打型垫后，可进可退。第二个方阵是远攻型，这一个方阵比较复杂，由三大护法一起指挥，在进攻的时候要辅助冲击型，作好支援，在撤退的时候也要掩护耐打型，慢慢撤退。最后一个方阵主要是医疗型为主，救助伤员。御灵师在人类可是很宝贵的，不能轻易放弃受伤的御灵师，而且御灵师中也有治愈系的，这些治愈系的灵兽可以很快让伤员恢复战斗力。

看到3个方阵有序地排列，凌天甚感欣慰，自觉勉强能够挡住妖兽大军一段时间的冲击。站在方阵前面的，还有8人。这8人是蓬莱阁的长老，地位比凌天还要高，实力更是超群。此前这8人一直在闭关，不到紧要关头，绝对不会出现。

凌天上前道："8位长老出关相助，此次杀死九婴，想必又多了几分胜算。"

那8位长老傲慢道："凌天，废话不要多说，我8人定会竭尽全力。"

凌天抱拳道："有8位长老助一臂之力，此次势必一举杀了九婴。"

8位满意地点点头，又开始闭目养神。

凌天骑在不死鸟身上，不死鸟仰天发出一声长啸，啸声响彻云霄。

"御灵师们，各位蓬莱阁的精英们，人类有难，我们定当全力以赴，养兵千日用兵一时，今日，就让妖兽们尝尝我们的怒火吧。赳赳南境，杀入北方，取敌首级，千里之外。"

"赳赳南境，杀入北方，取敌首级，千里之外。"下面的御灵师们跟着大声地重复道。

"我们能眼睁睁地看着妖兽践踏我们的家园吗？不能！我们能眼睁睁地看着我们的妻儿老小被妖兽吃掉吗？不能！那精英们，举起你们手中的武器，随我一起杀入北境，将妖兽大军杀个片甲不留，直取九婴首级。"

"好！好！好！"

接连3个好字，声音宛如洪钟，铿锵有力。

在阁主的带领下，御灵师大军一起进入了北境。

这些御灵师们都来过北境，可是刚进入北境，就被眼前的景象惊呆了。

昔日杳无人烟的冰面集结齐了妖兽大军，而且这些妖兽大军有序地排列在了一起，它们还分别有了头领。

有一个身高10尺，9个怪头的妖兽站在所有妖兽中间，在它的身边，竟然还跟着一个人类。那个人类身下还有一只巨大无比的触地兽，这触地兽看起来至少是六星以上的灵兽，和以往所见到的触地兽截然不同。

好像是触地龙。

到底是什么人,能够跟在妖兽身边?

阁主凌天不认识这个人,但是滚滚和四大护法却认了出来。

此人除了陆子羽还会是谁?

他竟然背叛人类?

滚滚和四大护法望向他的眼睛里充满了怒火。

"御灵师们,九婴就在眼前了,誓死捍卫神州。"阁主凌天用灵力传话给所有的人。

"誓死捍卫神州!"所有的御灵师一起回应。

九婴冷声笑着:"来吧,尝尝我的怒火吧,蝼蚁们,颤抖吧!"

九婴一声大喝,下面成千上万的妖兽大军如潮水般冲了过来,它们在九婴的指示下不断地冲击着御灵师大军,大战一触即发。这场战斗必将载入史册。

"冲啊!"

"杀啊!"

妖兽和御灵师们已经开始了战斗,这场战斗的主角,也在虎视眈眈地望着对方。

"不死鸟,我们上。"

阁主凌天对身下的不死鸟大声道,"东来心诀"提升至极致,不死鸟仰天发出一声嘶鸣,这声嘶鸣是宣战的前兆。

不死鸟的火焰开始燃烧。

妖兽大军们被火焰灼伤,死伤无数。

在孔子鸟上的滚滚目光如炬,它死死地盯着那边的九婴,九婴也发现了它,两人之间的战斗即将打响。

不过这一次,占据上风的是九婴。

那9个头一起望着滚滚,滚滚也不再犹豫,从孔子鸟身上跃下。在半空中,凌空一拳向九婴挥去。这一拳气势磅礴,空气中有不少灵气也在波动。

看见滚滚出手,阁主凌天也想趁此机会助它一臂之力。

通过上次四大护法回来禀报的战况,单靠滚滚一个人的力量是无法战胜九婴的,如果有了他和不死鸟的力量,可能还有几分胜算。

"你的对手是我!"骑在触地兽身上的人类将正欲前去帮忙的阁主凌天拦了下来。

"你是何人?为何背叛人类?"阁主凌天大声地呵斥道。

"人类?妖兽?"前面的那个人类大声地笑了起来:"人心比妖兽更险恶。若不是九婴大人救了我,你们这些人类,还会记得我吗?"

"你是陆子羽?"阁主凌天表情为难道。他也听说了陆子羽的事情,对这个孩子感觉很陌生,没想到九婴竟然利用了他,还给了他一个九星妖兽。触地兽本来只有四星,可是眼前的妖兽是触地龙，并非触地兽。

"不错，不过陆子羽已经死了，从今天开始，我就是九婴大人麾下的九将军。"陆子羽冷声道，"来吧，尝尝我的厉害。"

陆子羽骑在触地龙身上，大喝一声："地裂！"

冰面裂开，地上凭空出现一个大洞，阁主凌天和不死鸟被地洞的飞沙走石击中，幸好不死鸟会飞，要不然就将被困在这个地洞中。

不死鸟一声嘶鸣，怒火从口中喷出，触地龙钻入地下，不死鸟的火焰扑了空。

触地龙从不远处又钻了出来，这一次它飞向了空中，它的尾巴向不死鸟袭来，不死鸟的眼睛瞪着它，火焰燃烧起来，整个不死鸟身上都是火焰，将它包围起来。

触地龙的尾巴还未靠近，就被不死鸟的火焰震慑住了，不敢靠近。

那可是不死鸟的火焰，轻易不能扑灭。

两人就这样对峙着，触地龙奈何不了不死鸟，不死鸟也束手无策。

另外一边，滚滚和九婴之间的战斗也已打响。

"九头怪，你害我主人容颜尽失，今天，就让你尝尝我的厉害。"

滚滚这一次没有先攻击九婴为首的那个头，有了上次的经验，它发现这家伙最厉害的就是那个头，变幻多端，自己还不如趁机先攻击其他的头。上次四大护法用出"戒尺"的时候，九婴也被斩掉3个头，它也有一段时间才能恢复，若不然当时肯定追了上来。

既然如此，那就先干掉其他8个头，再来收拾那个为首的头也不迟。这样自己的胜算就更大。滚滚外表看着呆萌，实则胆大心细，大智若愚。

它的速度很快，吸收了陆子馨的精血之后，它的灵力更加充沛。

"手下败将，你还想再死一次？"九婴冷眼望着眼前这个渺小的灵兽。

滚滚却不搭话，凌空一拳，朝着九婴为首的那个头奔去。

九婴为首的那个头喷出一团火焰，滚滚立即避开，它知道，这九婴会的法术很多。

这一次恢复之后的九婴，如果不想点其他办法，就没有机会了。

"你以为能得逞吗？"滚滚靠近九婴为首的那个头，九婴在等待它接近。

一声嘲笑，嘲笑声刚刚落地，滚滚却转身逃了。

出乎意料的举动让九婴冷笑两声,这只渺小的蝼蚁以为自己逃得掉吗?

就在九婴准备咬住滚滚的时候,滚滚却出现在了它最左边的头上,一屁股坐了下去,咔嚓一声,头骨碎裂。

滚滚屁股力量到底有多大,它自己也不清楚,但从刚才的情况看,滚滚屁股的力量至少比它拳头的力量大10倍。

滚滚没有停下自己的动作,继而对着另外一个最近的头扑了过去。

九婴感觉到了危机,往后退了两步。

可是滚滚的嘴已经咬在了那个头上。

滚滚也不顾是不是可口美食了,硬生生将头给咬掉了,这味道很血腥,可是滚滚的眼里只有主人苍老的容颜,就是眼前这9头妖兽将自己的主人变成那样的。

一向爱美的主人变成了那副模样,不可饶恕。

但是这一次九婴的动作比之前更快了,它也发现了熊猫的意图。

这家伙竟然想先对付自己其他的头,还算有点小聪明。

可是它还不知道自己到底有多厉害,渺小的蝼蚁。

一阵沙暴从九婴为首的那个头中喷了过来,九婴也不顾自己刚才被滚滚咬掉的头,想要将滚滚吞噬在这沙暴之中。

滚滚早已察觉到了危机，连忙往空中遁去。

九婴嘴角冷笑，另外一个头从为首的那个头身后出现，绿色的一团毒物从那个头中喷出，其余的3个头也接连喷吐毒物。这些毒物像一张网一样，滚滚想要闪身离开，这时，九婴另外的3个头迎了上来。

这3个头从这次滚滚出现后就一直没有出手，在那边观战，刚开始滚滚还没有起疑心，以为是上次受伤之后一直未能恢复，但是现在，它知道大事不妙。

九婴其实最强的不是战斗能力，而是生存能力还有变天能力。

它的变天能力被女娲封印了，生存能力在神州大陆没人能比，但是它的战斗力却是不强。这和女娲封印有关，也和它自身有关，要不然对付滚滚也不会捉襟见肘了。

它可是远古妖兽，当时的妖兽和现在的妖兽岂可同日而语。

那3个头睁着眼，望着渺小的熊猫。

3个头整齐地并列在一起，并未散开。

它想干什么？

滚滚望着这3个头，搞不清楚它们到底想干什么。

突然，滚滚发现自己竟然动不了了。

在它眼睛对着这3个头的时候连眼珠子都无法转动了。

那3个头这个时候笑了起来。

异口同声道:"熊猫,你中了我的石化术,想要动,是动不了的。乖乖受死吧。"

3个头吐着信子,在滚滚的脸上舔了舔。

"好熟悉的味道。"九婴笑得更是厉害了,想不到你这灵兽身上还有女娲的味道,真的好香啊。

在那边和陆子羽战斗的阁主发现了滚滚的异常,想要弃陆子羽救人,可是陆子羽却死死缠着不放。

阁主凌天大声道:"陆子羽,现在回头还来得及,难道你忍心看着九婴将整个陆家毁了吗?"

"陆家?我已经说了我不再是陆子羽,而是九婴大人麾下的九将军。别说陆家了,整个神州大陆都会在我们九婴大人的统治下,区区陆家,又算什么?"

阁主没想到陆子羽对人类的仇恨这样深,他继续道:"小子,你这样做,你认为到时候九婴会放过你吗?它只不过是在利用你罢了。"

"哈哈哈哈。"陆子羽大声笑道:"那说明起码我还有利用的价值,至少能亲眼看着九婴大人一统神州,而不像你们,根本不管我的死活。如果不是九婴大人,我现在还没有机会报仇。"

"冥顽不灵!"

阁主刚才对话只不过是为了给自己争取机会。

不死鸟从身后袭击陆子羽，然后它和四大护法一起前去营救滚滚。

它看过蓬莱阁的藏书，上面零星记载了关于熊猫的事件。不过有一点，上面提及了九婴，那也就是说熊猫是战胜九婴的关键所在。

如果熊猫死了，那么就没有人能够对付九婴了。

它知道，熊猫是没有办法单打独斗胜过九婴的。

它必须牺牲自己，这样才能够挽救神州大陆。

刚开始它不说，是因为这样说，会遭到反对；现在说，却顺理成章。

"四位阵！"四大护法立即将九婴的3个头困在了四位阵中。

阁主凌空提剑而上，"东来心诀"早已提升至了极致，玄铁剑法也是到了极致，他的玄铁剑是深海玄铁锻造，比陆子馨的玄铁剑更加锋利。

"你们这群渺小的蝼蚁，简直是在找死！"

九婴彻底被激怒了，眼看就要将自己最大的威胁熊猫炼化，没想到这群人类竟敢来挑战自己。

不可饶恕！

一团毒物从它为首的那个头中喷出,对准了四大护法。

四大护法在从蓬莱阁离开的时候,阁主给了几人一些神器,刚好能够抵御九婴的沙暴和毒物。

4人祭出神器,挡住了九婴的毒物。

快!

四大护法对阁主大声道。

阁主早就加速而上了,这一剑横穿过去,将九婴另外3个头一起穿过,剑和人一起在这3个头上捅了一个窟窿,滚滚在那边也挣脱了束缚。

这也彻底惹怒了九婴。

九婴大声道:"既然你们这么想死,不想玩,那么就让你感受下远古神兽真正的怒火吧。"

刚才给干掉的7个头,又重新长了出来。

在这瞬间,九婴的9只眼睛从青色变成腥红色,地上所有的妖兽也变了,战斗力瞬间爆发。

空中不死鸟传来一声嘶鸣。

触地龙的尾巴击中了它的腹部,受伤的地方血在不断地往外涌。

不死鸟的火焰也伤了触地龙的一只眼睛,但是不死鸟的伤势更为严重。

四大护法也解除了四位阵，可是九婴根本不会放过4人。

九婴一口将4人全部叼在了4个不同的嘴里，冷眼望着阁主和滚滚。

它要这些人类眼睁睁地看着，敢和他作对是什么下场。

"不！"阁主大声叫道。

可他越是这样，九婴就越是兴奋。

它已经一千多年未见天日了，出来了，不好好玩弄玩弄这些人，他们还不知道自己的厉害。

它要一口一口慢慢地将4人吞入腹中。

四大护法知道自己难逃一死，非常决断，准备用手掐断自己的咽喉，不想承受九婴的折磨。

如此决绝，让阁主更是痛恨自己无能。

滚滚和4人也在一起战斗过，此时不及考虑，冲着九婴就是猛烈的一拳。

还好九婴对熊猫有些忌惮，对4人实在没有多大兴趣。它丢下4人，扭头迎向滚滚。4人从九婴口中掉下，仅仅被吞掉一只手臂，勉强保住了性命。

从伤势判断，性命应该无虞。

触地龙打败了不死鸟，阁主见情况不妙让不死鸟先飞走。

不死鸟不舍地飞走了。

触地龙也不追赶，朝阁主凌天扑了过来。

滚滚避开九婴，返身一拳挡住了触地龙的攻击。九婴的攻击在这个时候也来了，滚滚立马从地上跃起，想要一拳打在九婴为首的那个头上。

就在这时，九婴突然跳入了刚才的冰面下。

滚滚有点怕水，站在冰面上，内心揣测九婴到底想干什么。

"地裂！"

触地龙立即使用地裂，从地上伸出两只无形的手，将阁主凌天捉住，凌天正想用玄铁剑斩断，突然这双手抓着他倒立着开始狂奔，他手中的剑也在这时被两只手给抢去。

"砰！砰！砰！"

接连三声爆炸，阁主凌天方才从地下冲了出来。

他已经倒地不起，身体多处受伤，无法支撑起自己的身体。

刚才消失不见的不死鸟又飞了回来，一声嘶鸣，将陆子羽的攻击拦下。

它的翅膀也受了重伤，再也无法飞起来。

阁主右手捂着胸口，左手抚摸着不死鸟倒在地上的脑袋。

如果不是它刚才替凌天拦下这一下，估计现在凌天已经命丧黄泉了。

"哈哈哈，什么不死鸟，也不过如此而已。"

陆子羽发出狂笑,他的笑声从来没有如此狂妄过。

第一次,他感觉到了自己是一个人物。

接下来,他就要送这位人类最强的蓬莱阁阁主去见阎王。

他还从来没有这样兴奋过。

逃入水下的九婴让滚滚很是无奈。

它站在原地,仔细观察着水下的变化,判断九婴到底会出现在哪个地方。

它的胜算不大,可就算是拼尽全力,也要与它同归于尽。

滚滚不想守株待兔,它喜欢掌握主动权,这样它才有胜算。

滚滚一拳打在冰面上,十多尺厚的冰面裂开,出现道长长的沟壑。在水下的九婴正在积蓄力量,它很清楚,在水下这只熊猫对自己一点威胁也没有。刚才恢复了那几个头消耗了它太多的能量,先前只不过是在虚张声势罢了,等恢复之后,再出去收拾这只熊猫不迟。

水下的九婴已经能够看见身影。

奇怪的是滚滚却不急于靠近它,反而向其他方向逃去。

"怕了吗?"九婴咧嘴冷笑起来。

突然它的笑声戛然而止,整个冰面裂开了一大半。

去而复返的滚滚击出的罡风也将冰面下的水掀动。

"不好!"

九婴刚刚说出不好,那可恶的熊猫竟然借着冰面上破碎的冰一拳又一拳地打在它的腹部。

"真该死!"

九婴骂了一句,然后整个身子朝湖水里更深的地方潜了下去。

它最厉害的就是潜入水和沙漠中,既然这熊猫想要玩,那就奉陪到底。

不过这一次,它可就没那么好运了。

"赢了?"

御灵师们一直都在关注着熊猫和九婴之间的战斗,看到九婴被熊猫揍成那个惨样,九婴又被打入了湖底,士气顿时大震,刚才还处于弱势的灵兽,也拼足全力开始厮杀。

滚滚双拳紧握,它知道九婴在伺机恢复。

它的判断没有错,九婴恢复一个头需要时间。

但是只有凌天知道,九婴是在蓄势。

他看过书上记载的九婴资料,九婴出,天地变;九婴躲,沙水潜。

也就是说九婴最厉害的地方就是能够改变天地,而九婴最能躲的地方就是水和沙漠里。

这也是为什么它喜欢待在腾格里沙漠的原因。

第十六章　蓬莱阁主一战殒灭
　　　　滚滚再次大失神威

"不好，湖面的水在变少。"人类大军大喝一声，立即将目光转向刚才滚滚打败九婴的地方。

滚滚回头一看，发现果真如此，湖面的水已经只有一半，眼看就要干涸。

"啊，真的是好爽，好久没有喝这么多水了。"

还不足一分钟时间，整个宽广的湖面，就现出了湖底。

在湖下，传来狰狞的笑声，这9个整齐的笑声，除了九婴，还有谁？

"渺小卑微的人类和灵兽们，今天，就让你们感受下真正的力量吧，让你们知道什么是可怕，什么是强者！颤抖吧！害怕吧！哈哈哈……"

刚才还很晴朗的天突然变得乌云密布，雷电四起，空中不断传出"嗤嗤嗤"的响声。

"想当年,女娲要杀我,也不能奈我何,就凭你们这些蝼蚁,也胆敢和日月争辉？你们不知道什么是神的力量，那么今天就让你们见识见识。"

"啪！"

一声响雷，响彻天际，划破了天空的宁静。

雷雨交加，御灵师们第一次感觉到了可怕。

妖兽们更加兴奋，这就是主子的力量，你们这些可怜的御灵师们，就等着接受惩罚吧。

"不好，一起杀了它！"

蓬莱阁主一声令下，所有的御灵师们立刻放弃身边的妖兽，整齐地冲向九婴。

阁主感觉到了，一旦九婴的变天完成，他们就是砧板上的肉，任他宰割。

但是九婴变天不是已经被女娲封印起来了吗？怎么会这样？

难道说它借助了什么力量？

能够变天的神器，也就只有女娲石了，这女娲石怎么会在九婴的手中？

连阁主也没有见过女娲石的形状，不过他几乎可以肯定女娲石在九婴手中。

他揣测的没错，九婴的确是借助了女娲石变天，女娲石本来就有变天功能，只不过需要强大的灵力，而九婴刚才吸收湖水，这湖水中涌入了不少的妖兽，它的灵力也恢复到了最佳状态。

一旦变天成功,那么不仅是他们,就连整个南境,也会遭受灭顶之灾。

可是在九婴的周围,却有一道屏障将众人拦在了外面。

只有滚滚一个人冲了进去。

"咦?"九婴也感到奇怪,这熊猫竟然能够冲破自己的结界?当年也只有女娲才能够冲破结界,这灵兽到底是何方神圣?

阁主凌天清晰记得书上记载九婴在变天的时候会形成结界,这个结界只有女娲的后裔可以冲过去,而这个时候的九婴是没有还手之力的。此时出手,不仅能够重挫九婴,还能够趁机杀死它。

一千年前,女娲燃烧精血补天,后将九婴封印在了腾格里沙漠。女娲将自己一半的精血留在了人间,这精血竟然在这熊猫身上。

根据记载,若想打败九婴,必须集结女娲后代,也就是说只要能够找到熊猫的伙伴,就能够打败九婴。但是现在情况紧急,必须先破坏九婴变天。

九婴一旦变天成功,那么不仅会给天捅一个窟窿,灾祸连连,还会让整个南境陷入混乱,御灵师们根本不可能阻挡得了九婴。

"快上啊滚滚，它现在是最虚弱的时候。"阁主凌天大声吼道。

不用他说，滚滚早已冲了上去。

在凌天的身下，刚才的少年又再次冲了上来，触地龙的尾巴将他从不死鸟的身上抓了过去。

九婴的身上充满了雷电，九婴自信道："熊猫，你以为你能伤得了我？我的雷电可是会反噬你。"

滚滚没有说话，它一个箭步，就已来到九婴的身边，张开口，将九婴的雷电全部吃到了肚子里。

它可是食铁兽，连铁都能吃，更何况是这雷电。

失去了雷电的九婴暴露在滚滚的身前，滚滚张开嘴，咬住了九婴为首的那个头，它咬的是九婴的脖子，而且还对着那个白色的斑点。

一旦失去了这个头，九婴就将再也没有办法恢复其他头。上次女娲虽说没能杀它，但是女娲在它身上留下了这个白色的印记，它用了这么多年的时间才将印记封印在了自己的头上。但若是印记消失，它也将无法复活其他头。这个头，是他最为重要的头。

"该死的女娲，临死前也要给老子留下一个记号！"九婴大喝一声，它放弃了变天。

刚才变天消耗了太多的灵力，它的头又受了重伤，但是那熊猫像是发疯了一样，无论它如何用灵力去挣脱，它都死活不松口。

九婴的8个头一起抓着它，想要将它从身上扒下来，可是那熊猫却一直咬着它的头，让它无法动弹。

"你胆敢咬我！"

九婴怒斥，另外8个怪头同时从嘴里喷出绿色的黏稠物，熊猫知道不好，立刻放开，逃过了这一下，不过九婴的头鲜血直流，看样子有点难受。

熊猫躲闪之后，这毒物刚好不偏不倚地击中九婴为首那个头的右眼，右眼立马肿了起来，还不足半炷香的时间就完全看不见了。

这对它的打击不小。

"去死吧！你这个可怜的灵兽！"

九婴狂躁起来，它的9个头汇集在了一起。突然，9个头一齐喷出火来，这火焰呈红蓝色，看起来非常妖艳，而且火焰来势汹汹，势头越来越大。

滚滚躲避不及，只有向远处逃，但这火焰速度更快，滚滚屁股上被烧出了火花。

"好烫。"滚滚在地上打了几个滚，才将火势熄灭。

闻讯人类节节败退的陆子馨在陆远的带领下也一起过来了，看见在那边身受重伤的滚滚还有已经变成另外一个人的陆子羽，她的内心感慨万千。

她对陆子羽的那一份亏欠此刻迸发出来，如果不是她将陆子羽狠心丢下，或许就不会造成今天这样的局面。

但是事已至此，自怨自艾已是无用，人总要面对过去，勇敢地向前看。她大声对着滚滚道："滚滚，加油，一定要打败它。"

听到主人的声音，已经倒地不起的滚滚勉强笑了起来，昔日绝美容颜的主人此刻脸上皱纹密布，这一切，都是眼前这个九头怪作祟。它已经拼尽了全力，可还不是九头怪的对手，难道就没有什么其他办法可以对付它了吗？

蓬莱阁主和陆子羽之间的战斗也在持续升温。

刚才的回合两人不相上下，可是九婴的妖兽部队得到陆子羽的指点之后，分成了几列整齐有序的大军，不断冲击着人类大军。九婴没想到这个人类的小子还有此等本事，这让它认可了陆子羽。

得到九婴的欣赏，这是陆子羽莫大的荣幸。

人活在这个世界上总要有一个存在的理由，而他终于找到了自己存在的理由。以前他以为迎娶大小姐就是他一辈子的梦想，可是他那么努力，别人甚至连正眼都不瞧自己一下。

他现在是谁？他可是上古妖兽九婴麾下的九将军，执掌10万妖兽大军，而这些渺小的曾经看不起自己践踏自己尊严的人类，如今，通通都要受到该有的惩罚，感受到自己的怒火。

"来吧，阁主，让我看看你真正的实力，现在，我不会再和你玩捉迷藏游戏了。"陆子羽正色望着眼前的阁主凌天，在这一刻，这个世界，仿佛都在他的掌控之中。那眼神，也变得坚定和执着。

阁主凌天感觉到了他身上不一样的变化，身经百战的他不曾畏惧过谁，他是人类强者，面对背叛的人类，他更不会饶恕。

另外一边的护法们都在暗中观察着此次的战斗，他们对阁主有信心，那个已经不再是人类的陆子羽，看起来是那么的可笑。

"你以为认了九婴为祖就可以翻手为云覆手为雨？简直是笑话。"阁主凌天一声怒吼，不死鸟也在空中开始嘶鸣。"来吧，不死鸟，让这叛逆者感受你的愤怒吧，燃烧吧，绝望吧，不死鸟。"

轰！

熊熊烈火从不死鸟的嘴里喷出，像一块燃烧着的长布在空中挥舞,仿佛一条巨龙张开口吞噬一切。

"还是和之前一样,不过这一次,可就没那么好运了。"

陆子羽冷哼一声,触地龙仰天嘶叫,妖兽大军中不少的触地龙全部跑了过来,守护在陆子羽的触地龙身边。这些触地龙们聚集在了一切,在陆子羽的指挥下,如潮水般地涌向阁主凌天。

"这是什么招数?"陆子馨在那边惊讶着陆子羽的变化。

在那边保护着陆子馨的陆远道:"他已经不是当初的陆子羽了。"

"可是他为什么会这么厉害,难道说九婴给了他什么东西?"陆子馨奇怪地望着已经人不像人的陆子羽。

"应该是,女儿,别想太多,会有人收拾他的。"陆远肯定地说道。

"可是父亲,你不知道,当时陆子羽是为了救我才沦落至此,是我扔下他不管不顾。"陆子馨感觉很亏欠陆子羽,失落地低着头。

"冥冥中自有定数,人都有命,怨不得谁。"陆远安慰道。

那边不死鸟喷出的火焰燃烧着整个神州大陆,不少低级的妖兽直接被活活烧死,之所以这样做,阁主凌天想的是就算不能击中那个人,也至少可以给人类大军争取一点时间。

可是当触地龙们聚集的时候,他也感觉到了危险在向自己靠近。

这些触地龙都不简单,虽说比那个人要低级一点,但是一旦凝聚在了一起,会迸发出什么样的力量不得而知。

人类的世界和妖兽们的世界就是不一样,他们知道利用自身的优势。

"上!"

陆子羽一声上,刚才的触地龙们全部人字形散开,他在人字形的保护下逼近了阁主凌天。

不死鸟的怒火越来越盛,可依然无法阻挡陆子羽的速度。

"不好,撤退!"

阁主凌天知道那家伙的目的就是冲击不死鸟,这么多触地龙,若是真的冲击上来,必死无疑。

不死鸟的速度比触地龙快,它准备利用自己的速度和它们纠缠。

"阁主,注意上方。"

陆远对着凌天大声喝道。

这个时候阁主凌天才发现,自己太小瞧那个人了,他竟然安排了另外一群触地龙悄悄地潜入自己的上空,不给自己机会逃跑,实在是太狡猾了。

眨眼间,触地龙们就要冲过来,如果再不想办法,自己和不死鸟只会一起泯灭。

"好,既然如此,不如放手一搏。"

阁主凌天抚摸了下不死鸟的头,不死鸟知道是什么意思,涅槃。

对,就是涅槃。

看来阁主已经抱着必死的决心了。

不死鸟哀鸣了两声,所有蓬莱阁的人,都能够感觉到那种撕心裂肺的痛。

不死鸟的羽毛开始掉落,"嘭"的一声,不死鸟形成一个圆形的蛋,在地上砸出一个巨大的深坑,它的周围开始灼烧起来,树木也开始枯萎,水分也开始蒸发。

不死鸟的终极奥义"涅槃"。

但是陆子羽根本毫不畏惧。

眼看就要得手,他怎么舍得半途而废呢?

这一战,也是为了向九婴证明自己的实力,得到九婴的认可。

人类大军已经一败涂地,只要他能够得到九婴的信任,迟早能够执掌神州大陆一方天地。这可是他的梦想。

当初他的梦想是陆家,可是随着陆子馨实力的显露以及蓬莱阁的强大,他之前的雄心壮志荡然无存,那种优渥感也瞬间灰飞烟灭。是九婴给了他新的生机,在他绝望的时候,那个上古妖兽的眼神,是一种肯定。

他这一辈子,还从来没有得到过强者的肯定。

"不要管它,给我继续冲!"

陆子羽根本不畏惧涅槃的不死鸟,他指挥着触地龙们前仆后继地向正在涅槃的不死鸟进攻。

阁主凌天站在不死鸟的上空,不死鸟涅槃的力量在保护着他。

可能所有人都没有想到,陆子羽和身下的触地龙能够冲过涅槃后的不死鸟结界"焚烧之地",一头触地龙的尾巴正好穿透了阁主凌天的胸膛,留了下一道血淋淋的伤口。

阁主凌天就这样被触地龙穿了起来,举在空中。

结束了,两人之间的战斗结束了。

几位长老想要去救阁主,可是触地龙根本不给他们机会。他们太弱了。

"不!"陆子馨在那边尖叫道。

陆子羽这时才发现陆子馨的到来,看到容颜尽失的陆子馨,他心中莫名其妙的一阵绞痛,这还是自己眼中的大小姐吗?怎么变成了这个样子。

对了,这一切都是她罪有应得。自己对她这么好,她就从来没有正眼瞧过自己。这样的人,该有如此下场。

可是为什么自己会心疼?太奇怪了。

滚滚也身负重伤,不过它发现了阁主被击败之后,立马挣脱九婴的纠缠,在空中救下了阁主凌天。

它的实力远在陆子羽之上。

陆子羽不敢和它正面交锋,能够和九婴对抗的灵兽,它岂是对手。

"干得好!"

九婴咧嘴笑着,那9个头看起来越发狰狞可怕。

阁主凌天被触地龙的龙尾穿过胸膛,奄奄一息。他已经感觉不到疼痛,他知道,自己可能就快离开这个世界了。

他虚弱地对滚滚道:"快,带我离开这里,我有话对你说。"

滚滚没想到阁主竟然是这样的想法,它望了一眼脚下的人类大军和灵兽大军,不确定地问道:"真的要走吗?"

阁主凌天瞧出了滚滚的心思,点点头。

这一场战斗都是由阁主引起,既然阁主说要走,那么滚滚当然知道是另有安排。

他带着阁主还有陆远他们一起离开了战斗。

人类大军和灵兽大军见到阁主的殒灭和熊猫的离开,士气低迷，溃不成军。刚才还能勉强应付一二的局面立刻坍塌，开始一边倒，人类大军就像是一盘散沙，被逐一击破。

几大长老也被陆子羽杀死。

说来也是奇怪，为何九婴没有追杀滚滚，陆子羽也搞不明白。

不过他细心发现，九婴也受了伤。

像九婴这样的上古妖兽，绝不容许半点疏忽，如果贸然追过去，他们有埋伏怎么办？

不过陆子羽知道这个担忧是多余的，按照现在的情形看，整个神州大陆迟早都是九婴大人的，多一点时间也无所谓。

滚滚带着几人一起来到东海。

阁主凌天在半路上就已经不行了，中途让滚滚将他放下。

他用自己的灵力封锁住了伤口，给自己留住了一口气。

他这一口气，是有话要对滚滚说。

这时，陆子馨和陆远也赶到了，见到阁主如此，滚滚也是身受重伤，她感觉这场人类的浩劫真的已经无法阻止了。

那个九婴除了女娲再现能够击败之外，真的没有人是其对手。太强大了，强大得离谱，这些远古妖兽简直能够轻而易举地将整个神州大陆毁于一旦。

阁主干咳了两声，吐了不少血。陆子馨想要替他擦掉，却被他阻止了。

半晌,他才稍微恢复一点元气,不过依然一点血色也没有,看起来就要离开这个世界了。

他让滚滚扶着他,紧张地握着滚滚的手,咬着嘴唇痛苦道:"滚滚,其实你和蓬莱阁还挺有渊源,我们的祖辈是女娲娘娘的守护者,女娲娘娘在临终前传话给我们族人,世世代代守护人类安危,镇压九婴,然而没想到九婴一出,你就出现了。"

滚滚傻乎乎地望着他,不知道该如何安慰这位已经临终的老人。它知道生死,也见到了生死,它不畏惧生死,可却不知道生死为何物。

阁主说话异常吃力,说了刚才的那番话,他也咳嗽了好几下才恢复过来,陆子馨上前道:"阁主,你先休息一下吧。"

阁主摆手道:"不必了,如果不快一点,我怕自己该说的话还没有说完。"

他让滚滚将他扶起来坐在地上,驱动灵力支撑着自己的身体道:"滚滚,我在蓬莱阁的藏书楼里发现了关于你的记载。那是很久以前的故事了,你们熊猫和人类一直是很好的朋友,当时你们是女娲娘娘身边的灵仆,侍奉女娲大人,可是你们没有什么战斗力,所以当时女娲娘娘很少带你们出现。幸好我们蓬莱阁和女娲娘娘有些渊源,才有了此番记载。我当初说你是唯一能解救人类的人,我并没有撒谎,也没有骗你,藏书上是有这样的记载,可是当时我只找到了上半阕,直到这次战斗前,我才在蓬莱阁的藏书楼中找到了下半阕。"

"谁?"滚滚指了指身边所有的人,最后又指了指自己,意思是你说我是唯一能解救人类的人?

阁主吃力地点点头。

"可是我两次都失败了。"滚滚失落地低头道:"那家伙老是打我的屁股。"

阁主忍不住笑了一声,努力让自己保持镇定,他感觉自己时间越来越少,他长话短说道:"滚滚,不要怀疑你自己,人类的希望都握在你的手中。你是女娲后裔,当初女娲娘娘燃烧自己精血的时候,将精血部分注入了你们熊猫的身体里,希望你们能够维护世界和平,她知道九婴迟早都会重现人间,也知道人类会有这样一场浩劫,所以她希望象征着和平的你们能够拯救人类。而且你们拥有了女娲的力量之后也不会为非作歹,祸害人类,这是女娲娘娘对你们的肯定,因此,她才会将精血分给你们。可想而知,若是其他人当时得到了这种力量,将会是一件多么可怕的事情。而且根据藏书阁上的记载,你是唯一能够燃烧自己精血召唤女娲后裔的人,其实女娲的后裔还有很多散落在神州大陆上,只是它们在沉睡。

唤醒他们最好的办法就是通过女娲后裔燃烧精血。女娲娘娘的后裔精血是相通的,感觉到同伴的危险,他们便会苏醒过来,这样世界就有救了。"

滚滚眨眼道:"阁主,你说的是血吗?我可剩得不多了。"

滚滚小气地别过头,嘟着那可爱的小嘴。

阁主摇头道:"不,不是血,是精血。就是你用灵力催动自己的身体,将精血祭出,精血自然会涌入天上,然后这些精血就会去神州各地唤醒女娲娘娘的后裔,到时候九婴就不是对手了。"

滚滚指着自己的鼻子,摆头道:"不不不,像我这么可爱的灵兽,燃烧自己精血,太恐怖了。还有我会死吗?"滚滚突然想到一个非常严肃的问题。

阁主点头道:"会,不过死有重于泰山或轻于鸿毛。"

滚滚露出不情愿的表情道:"死很痛的,我才不要。"

阁主尴尬地望向一边的陆子馨,向他求救。

陆子馨摊手,表示这是滚滚自己的事情,她也无能为力。

阁主叹叹气:"滚滚,我知道这让你很为难,可是你想过没有,如果九婴长驱而入,到时候不仅你的主人陆子馨,还有那些你的其他朋友们,都会被妖兽吃掉,甚至连你自己也会被妖兽吃掉,你总不希望看到这样的局面吧?"

滚滚情绪低落，思索了下，感到恐慌道："阁主，你说的这些都是真的吗？"

阁主点头道："当然。这是一场浩劫，而你是唯一能够阻止这场浩劫的人。"

滚滚抬头望着陆子馨，它在期待陆子馨的答案。

容颜老去的陆子馨已不如最初那般清新脱俗，却也还是五官精致，非常出众。

"滚滚，阁主说的都是真的，至于最后要做什么决定，由你自己，我不勉强你。"陆子馨笑着蹲下身子，摸了摸滚滚的头。

滚滚将自己的身子凑到陆子馨的怀里，陆子馨抱着它，她能够感觉到滚滚的挣扎和不舍。

但是她又很了解滚滚，她知道滚滚肯定会答应这件事情的，别看着这家伙平时憨痴，心里却比谁都清楚，大智若愚形容的就是像滚滚这样的人。

每天有的吃，有的睡，还有什么好担心的呢？

"能不能扶我站起来？"阁主对陆远道。他的脸色已经越来越苍白，别说站起来了，就连现在坐着都非常吃力。

陆远长叹一声，走过去将只剩下半口气的阁主凌天扶起来。凌天摇晃了几下，突然一下子跪在地上道："熊猫大侠，我凌天从小就骄傲，没有求过谁。可是我求求你，神州大陆不能被九婴毁了啊,这神州大陆是人类的大陆,岂能让那些不安分的妖兽们占领,那以后我们人类连一个立足之地都没有。你也是女娲后裔,好歹也算是人类的一部分,你也不希望生灵涂炭吧!"

阁主拉了下陆远的衣袖,陆远也觉得阁主说的有理,跟着阁主跪在地上拱手道:"熊猫大侠,请你救神州大陆于危难之中。否则,这个世界真的就生灵涂炭了。"

滚滚在那边一脸懵状,有点不情愿道:"你们能不能等我考虑一下?你不知道死会很痛吗!我最怕痛了。"

"起来,你们都快起来。"陆子馨呵斥阁主和父亲道:"阁主、父亲,你们这样做是在胁迫滚滚,我不希望你们这样。如果你们真的执意如此,那我是不会同意滚滚牺牲自己的。"

阁主凌天长跪不起,在地上磕了两个头道:"还请陆大小姐顾全大局,当前九婴的大军已经杀到了蓬莱阁山下,若它们突破了东来镇,那整个南部就裸露在了九婴面前,到时候整个神州就真的彻底完蛋了。"

陆子馨坚持道:"我不管那么多,你们就是不能胁迫滚滚,这是滚滚自己的事情,我希望它能够自己做决定,而不是你们要挟它。"

阁主凌天示意刚才赶过来的蓬莱阁手下。他们站在那边,掏出身上的剑，指着自己的胸膛，大义凛然道："陆子馨大小姐，如果你不让滚滚答应我们几人的请求，与其被妖兽杀死，还不如给自己一个痛快。"

话毕，这几位手下就倒在了地上。在这片草地上，全是他们身上流出来的血。

看起来腥红刺眼。

"你们这是胁迫！凌天阁主，如果你们真的要这样，那我只有带着滚滚一起离开这个地方。至于神州大陆的生死，和我们两人再无瓜葛。"

阁主凌天道："还请冷静。这是手下情绪激动，并非在下授意，陆子馨小姐，但凡有一点其他办法，我们也不想这样做，这样做对我们一点好处也没有。身为神州大陆的一员，你也不希望整个大陆真的成为妖兽的天下吧？"

"是，阁主，你说的这些都没有错。但是滚滚的生命是滚滚自己的，我们无权定夺。"陆子馨抱着滚滚，滚滚躺在她的怀里，感觉很温暖，很踏实。

这些天的战斗也让它累坏了，不知不觉中它都开始打鼾了。

阁主凌天道："既然陆子馨小姐你不同意，那在下也无话可说。"他举起匕首，刺入了自己的胸膛。

还剩下的3位手下一起冲过来,抱着他的尸体道:"阁主,阁主……"

几人早已泣不成声。

陆子馨在那边也感到惋惜,何苦呢?阁主,你这样做,并不代表滚滚会同意啊,而且滚滚也没有看到刚才的一切。

我懂了,你们这都是在威胁我啊,可是我真的不能为难它,它是一条生命,它的命应该由它自己做主,而不是我们。

陆子馨轻声惋惜,她叫醒了身边的滚滚,邀它一起出去透透气。

刚才的氛围太浓重了,让她有点骑虎难下。

可是她心意已决,没有谁能够改变。

另外3位手下本想阻止她,但又忌惮她身边的滚滚,只好作罢。

但看到陆子馨的态度,几人感到心寒。

九婴大军势如破竹,已来到东来镇两里开外。昔日热闹非凡的东来镇,此刻早已面目全非。得知大限将至的人们,早已逃窜到最南边去了。

群龙已无首,没有人坚信蓬莱阁能够抵挡住九婴。

陆子馨和滚滚来到蓬莱阁的山崖处,陆子馨问道:"滚滚,你怕不怕死?"

滚滚坐在地上道:"主人,你是不是傻?"

陆子馨:"……"

陆子馨:"如果你死了,可以拯救很多人,你愿不愿意?"

滚滚摇摇头。

陆子馨笑道:"就知道你没有那么大勇气。"

滚滚傻笑着将头靠在陆子馨的肩膀上道:"知道了你还问我,主人,你是不是傻?"

陆子馨:"……"

滚滚继续道:"主人,有我这么聪明能干的灵兽在你身边,你骄傲吗?"

陆子馨撇嘴摇头道:"充满烦恼。"

滚滚在她的手臂上轻轻咬了一口道:"主人,难道你不觉得我是神州第一英明神武高大英俊的灵兽吗?"

陆子馨望了它一眼,又望着远方道:"我还是喜欢会飞的灵兽,你除了会吃,会闯祸,会打架,其他好像一无是处。不过么……"

滚滚迫不及待地问道:"不过什么?"

陆子馨笑着捏了下滚滚的鼻子道:"不过么,我挺喜欢的。"

滚滚伸直了那粗短的脖子,在陆子馨的脸蛋上亲吻了一下道:"主人,我决定了,我准备燃烧自己的精血挽救整个神州大陆。"

陆子馨不解地问道："为什么突然作出这样的决定？"

滚滚傻笑着道："因为我能够感觉到主人你也是这个想法。"

陆子馨望着它，不知道为何，哽咽着说不出话，眼眶红润，泪珠不自觉地往下滴落。她鼻子酸酸的，抱着滚滚，骂道，你真的很傻。

滚滚也张开双臂抱着她，眨眨眼将头靠在陆子馨的怀里，软软的，好舒服。

时间，凝固在了这一刻。

陆子馨抚摸了下它的脑袋，滚滚不舍地放开手。它和陆子馨之间有一种心灵默契，这种默契，别人给予不了。

陆子馨觉得上天和她开了一个很大的玩笑，给了她一只十星的灵兽，结果还要去拯救世界。她只是一个小人物而已，不想却卷入了这场漩涡之中。

短短几年，她和滚滚之间的感情就像是恋人，离不开彼此。

滚滚站直了身子，将它附近的那个装食物的袋子拿给陆子馨道："主人，能不能让我吃一顿饱饭再离开？"

陆子馨点头，看着它又好气又好笑道："笨蛋，少吃点，吃太多，等下又没力气。"

滚滚傻乎乎笑道:"主人,不吃饱哪有力气减肥?"

陆子馨勉强笑了笑。这家伙,当初减肥给自己说的话竟然都还记得。

真的是很招人讨厌啊。

记忆在她的脑海里翻滚。自从这个灵兽出现后,她的世界就再也没有平静过,不知道它走后,会不会有点不习惯?

陆子馨走回来的时候,蓬莱阁 3 位手下低沉着脸,不说话。

他们正准备最后与九婴一战。

陆子馨开口让他们去找一些好吃的送过来,还对他们宣布滚滚已经决定了,不过最后还要吃一顿饱饭。

这 180 度的大转弯让几人惊讶不已,在那边的陆远也感到这个太意外了,不过他能感受到女儿内心的那种痛苦。滚滚和她之间的感情,和他这位父亲相比应该不相上下。

他也知道,刚才想必是女儿说服了滚滚,像滚滚这样的灵兽,如此聪明,又怎么会不了解主人的心思呢?

几人很快找到不少吃的,滚滚还是老样子,要自己动手烤来吃。

当它从自己那个袋子里拿出调料的时候,在那边的 3 个人都傻眼了。

这还是自己看到的那个高手吗?怎么看都像是一个吃货

啊。不过它那个样子真的太可爱了。

等滚滚烤好了之后，几人也饿了，想吃，不过却被它拒绝了。

这香味让几人按捺不住，可是又没有别的办法，还好陆远分了一点给他们，要不然估计几人都只有灰溜溜地在另外一边候着了。

滚滚很满意自己的厨艺，看到主人吃得那么香，它对着陆子馨道："主人，没想到你变老了也这么漂亮。"

陆子馨其实内心早已接受了自己的外貌，她笑道："这是自然的，主人我天生丽质。"

滚滚傻傻道："不过么，就是贪吃了一点。"

陆子馨一个"板栗"赏在它的脑袋上："我有你贪吃吗？"

滚滚捂着脑袋道："疼，主人，以后你可不能这么凶了。你要是再这么凶，都没有人敢娶你。"

陆子馨撇嘴道："我才不要嫁人呢，就一个人挺好，大不了有点孤单。"

滚滚握着她的手道："那主人，我走了你岂不是更孤单？不如这样，我打个屁给你，以后你打屁的时候就会想起我了，这个主意不错吧？"

陆子馨瞪眼道："你敢！"

刚刚说出你敢两个字，滚滚的一个响屁就来了。

由于刚才吃得太多,这个屁太臭了。

众人都在那边捂着鼻子。

滚滚一副事不关己的样子道:"喂,这不是我放的!谁放的?真臭。"

众人难以置信地望着它,为什么这家伙撒谎都这么泰然自若?

不愧是十星灵兽啊。

不过接下来又是一个"板栗"赏了过去。

滚滚依依不舍地最后望了陆子馨一眼:"吃得太撑了,连身子都要坐立不起了。"

不过那家伙站起来的时候肚子胀得像一个充满气的皮球,看起来可爱极了。

它转动着自己那黑黑的眼珠子,叹息了一声,眼角流下两滴泪珠,傻傻地笑道:"主人,我走了,别太想我哦。"

它驱动灵气,将自己的精血燃烧,精血幻化成为一滴滴血柱。滚滚的身影越来越模糊,越来越模糊。

陆子馨哭着骂道:"都叫你别吃太饱,你看吃多了难受吧。"

陆子馨又在心里默念:"不吃好像更难受。"

滚滚的精血飞往天上,天空中出现了滚滚的笑脸。

那一副憨痴痴的表情,看起来人畜无害,却老是闯祸。

陆子馨在下面不停地挥手，离开了滚滚，她很不舍。

整个空中，都是滚滚的身影。

一个人的离开，总是会有一个人来替代，但是又有谁能够替代它呢？它已经无可替代。

陆子馨倔强地站在原地，尽量让自己保持镇定，不要哭，对，不要哭，越是悲伤就越不能哭。

陆远走过来抱着失落的女儿，再倔强的她，面对父亲这座大山的时候，也会忍不住失声痛哭。对啊，她的灵兽没有了，为什么她不能哭呢？为什么她要压抑着自己？

她轻声地抽泣着，却让人感觉到她的心已经碎了。似乎没有人能够再缝补这个已经裂开的伤口。

滚滚的笑容渐渐消失，那些精血飞入空中，在滚滚笑容消失的时候又飞往神州大陆各地，以南境为主。没有谁知道，接下来将会发生什么。

但是大家对滚滚都充满了信心。

就算是无力抵抗，也是人类宿命，尽力就好。

对陆远而言，他也帮不上什么忙，只有安慰身边的女儿。

他也希望神州大陆能够躲过这一劫，毕竟有他辛辛苦苦一手建立起来的陆家，还有他那可爱的妻子，还有这受尽了苦难的女儿。

这个世界，总不会就这样被九婴摧毁。

他坚信着。

刚才滚滚炼化的精血已在空中消失，飞到了很远的地方。

他们望着它们，这可能是人类唯一的希望了。

刚才还有点颐指气使的蓬莱阁3人对着陆子馨道了一声谢谢。他们的眼神里，也透出无奈。

陆远安慰着女儿："本不该出现的东西，来到了身边，就当是陪你走过一段路吧。"

陆子馨不说话，脑袋靠在父亲那伟岸的肩膀上，她不知道该说什么。

时间走得很快，很快。

没有了滚滚和阁主的抵抗，妖兽大军势如破竹，长驱直入，东来镇早已无法抵御，人类大军早已被杀得所剩无几。

九婴又恢复了元气。

他对陆子羽道："九将军，这一次，我们一举拿下整个神州大陆，到时候我们再征服另外一个世界，以后这个世界就交给你打理。"

"谢谢九婴大人。"陆子羽微笑着对九婴道。他的笑容很真诚。

他没想到，有一天，他还能够统治整个神州大陆。

他对九婴的真诚可昭日月。

就在人类和灵兽大军还剩下一点残存的战斗力时,不知何时,突然从四面八方涌现出了许多和滚滚一样的熊猫。

它们的数量之多,令人惊叹。

"太好了,熊猫大军来了!"

陆远推了推陆子馨,指着从身边冲过去的熊猫大军道:"子馨,快看,好多滚滚,它们来了。"

"在哪?"陆子馨擦掉眼角的泪水,睁开眼,望着熊猫大军。

它们和滚滚长得一模一样,但是你若仔细观察,会发现各有不同。

原来在神州大陆,还有许多像滚滚一样的灵兽。

"加油啊,你们!"陆子馨心里默念道。

蓬莱阁的人也随着熊猫大军一起冲杀过去。

"万竹林。"蓬莱阁的人惊叹道:"对,他们一定是从卧龙镇的万竹林来的,没错,就是那个方向。"

那个地方丛林密布,恍若人间仙境,但灵力在那里根本无用,所以很少有人进入。

而且万竹林相对比较闭塞,也没有什么价值,所以很少有人会关注那里。

只是大家知道那里有灵兽,而且等级不低。

没想到这些熊猫竟然生活在那个地方。

陆远这个时候也想起来了，女儿的那颗灵兽蛋，也是从万竹林来的。

这一切真的是冥冥中自有天意，一切自有定数。

九婴怒了，彻底怒了！

这该死的熊猫，竟然召唤出了熊猫大军。

它们以为这样它就会害怕吗？不，它们太小看自己了。

可是这些熊猫还是给它带来了无形的压力。

因为它们最低的星级都是八星，还有两个年长一点的是十星，其余都是九星的灵兽，而且这些灵兽身上有女娲传承，岂是那些普通的妖兽和灵兽能相提并论。

女娲啊女娲，没想到你死后还留了这样一招，不过你也太小瞧当年的对手了。可别忘记了，当年你是怎么栽的跟头，不管你心计有多深，在这块土地上，一切都是靠实力说话。这些蝼蚁们，根本不可能是我的对手。渺小的力量，就算有了你的血脉传承，也不过是我9个头下的亡魂罢了。既然你留了这样一手，那就让你彻彻底底地看看，我是如何亲手摧毁这一切的。

人类大军连十分之一都没有剩下，在人类大军对面，是一眼望不见头的妖兽大军，当人类大军看到如此多的熊猫出现的时候，他们开始了欢呼雀跃："太好了，熊猫大军来了，这下有救了。"

他们可是亲眼见到了滚滚和九婴之间的战斗，有一只熊猫已经足够九婴受了，更何况这么多熊猫。

为首的两只熊猫身后，足有上万只熊猫。那两只熊猫互相点点头，大战一触即发。

人类大军已退到了熊猫大军身后。

那两只为首的十星熊猫也来到了九婴身边，准备与九婴殊死一搏。

这两只熊猫的实力远在滚滚之上，对付滚滚的时候九婴还绰绰有余，可是对付这两只十星熊猫，却感到捉襟见肘。

它们互相之间的配合很好，九婴的9个头被打得血肉模糊。

而且这两只熊猫似乎知道九婴的弱点，主要的攻击对象也是九婴为首的那个头。面对这两人的联合攻击，九婴被迫躲到了地下。

两只十星熊猫立刻召唤来16只九星熊猫，一起对付九婴，每两个人对付一个头，活生生地将九婴从地上拖拽出来。

最终，那个为首的头，倒在了地上。眼神中充满了怨恨和绝望。另外的8个头，也一起倒了下去。

像神一样存在的九婴终于倒下了，熊猫大军大获全胜。

妖兽大军也被打得死伤无数。

只有陆子羽还在那边指挥着，不放弃。

熊猫大军感觉到在这个人身上，竟然有九婴的气息。怎么回事？莫非九婴将精血全部融入了这个少年的体内？按理九婴的精血这个人应该无法消化才对，怎么可能？

但事实就是如此，陆子羽的愤怒和感恩将九婴的精血和自己的身体完美地融合在了一起。他愿意贡献自己的身体给九婴，让九婴控制着自己。

他现在就是行尸走肉，只不过九婴并未完全消化他的身体。两人之间还必须有一个磨合。

不过这样的九婴就没有缺点了，9条命，它可以无限复活。

熊猫大军根本杀不了它。

"可恶！"熊猫大军为首的两人大骂一声，立刻对陆子羽展开攻击。

陆子羽指挥着妖兽大军保护着自己，他可是从小就爱研究这些玩意儿，自然是比九婴精通。九婴有了与人类的结合，更是完美。

妖兽大军保护着他，他们准备撤退了。

但是熊猫大军不会给他们这样的机会，如果这次让九婴跑了，下一次不知道将会发生什么变化，未来的事情谁也说不清楚。

不过妖兽大军们早已开始溃散,拼死保护着陆子羽和九婴的身体。

九婴还在炼化陆子羽,陆子羽意识尚在,不过他没有反抗九婴。

这给九婴减轻了不小的负担,当时九婴要救陆子羽的目的很简单,就是希望自己能有一个人类的身体和自己共享生命。这样它就无懈可击了,几乎没有人能够杀得了他,而且人类比它还要聪明,这也是九婴最为忌惮人类的地方。

现在它最为忌惮的东西都有了,那么他还有什么好畏惧的呢?哈哈哈,统一了神州大陆之后,下一步的扩张将会去哪里,它也不知道。不过它敢肯定,就算是当年的女娲想要封印自己,也已没有可能。

世界尽在他的掌控之中。

第十七章　九婴子羽双重融合
　　　　　子羽被杀世界和平

　　陆远带着陆子馨也一起赶了过来，两人来的时候，九婴已经在陆子羽的身体内了。

　　见九婴已经不在，而陆子羽还在那边战斗，她越来越愤怒。

　　陆子馨发现冥顽不灵的陆子羽竟然在指挥着整个妖兽大军，她忍不住传音道："陆子羽，你竟然背叛人类？"

　　陆子羽哈哈大笑道："背叛？陆子馨，别忘了，当初可是你把我丢在了妖兽大军中。若不是九婴大人出手相救，我早就死在妖兽大军中了。小时候，你们陆家内系弟子就欺负我，长大了，我发誓不要再被人欺负，所以我比任何人都要努力，但是陆子馨，我对你好，你何时正眼瞧过我一次？"

　　"强词夺理。"陆子馨冷声道："你对我的好，我铭记于心，没必要表达出来，可是陆子羽你太狂妄了，竟然背叛了人类，不可饶恕。"

　　陆子羽冷笑道："陆子馨，你从小就是家主的女儿，自然是不会理解我们这些人的困惑，触地兽对我代表着什么，你明白吗？触地兽为了你死了，可是你在临走的时候都没有说带上我一起走,我这种旁系弟子的生命对你来说犹如草芥,你们这些伪君子们,还不如妖兽有血性。妖兽们,杀啊,等我和九婴大人完美融合之后,整个神州大陆都会是我们的天下,不要再畏惧这些虚伪的人类了。"

"杀啊!"双方又陷入了混战中。

陆远大声道:"孽徒,不知悔改,今日,就让我来清理门户。"

陆子羽大声笑道:"家主,就凭你的实力也想杀我,未免太可笑了吧。"

这个时候九婴控制了陆子羽的思想,笑道:"你们这群蝼蚁,你们以为你们是谁,杀我,痴人说梦吗?熊猫大军都不能奈我何,你们区区五星灵兽,也想杀我,这简直就是痴人说梦,异想天开。"

"看招!"陆远骑在飞天龙身上,飞天龙最厉害的就是冲击力了,可是他还没有到陆子羽身边的时候,就被妖兽挡了回来,身受重伤。

"不自量力!"九婴哈哈大笑。

这个时候九婴的身体又切换回了陆子羽:"家主,凭你的实力就不要再自取其辱了。"

九婴立马又控制住陆子羽道:"小子,你干什么,竟敢违背我的思想?"

陆子羽大笑道:"九婴大人,现在你和我一起共享我的身体,如果我死了,也就是说你也死了,你对我这么凶,难道你不怕我自杀吗?"

"混帐!"九婴大声道:"你以为这样我就没有办法了吗?"

陆子羽冷声道:"九婴大人,我一直都知道你想占据我的身体,从那天你仿佛考量我的时候我就知道,不错,我也是在等这一天,等你占据我的身体。不过要让你失望的是,我这样做的目的,也只不过是为了得到你的力量罢了。"

"你找死!"九婴控制着陆子羽,它驱动自己的灵力,陆子羽痛苦地捂着脑袋道:"啊,好疼,疼死了!"

熊猫大军冲了过去,妖兽们早就抵挡不了。

两只十星熊猫熊天和熊地联合一起给了陆子羽一掌,陆子羽横着倒飞出去七八十丈远,最后撞在了山石上方才停了下来。

九婴道:"等我先对付了这两个小子再来对付你。"

陆子羽道:"九婴大人,谢谢你,我已经感觉到你的力量了。"

九婴冷声道:"你以为上古妖兽真的就那么简单吗?错了,我告诉你,你会后悔的。"

陆子羽哈哈笑道:"错了,九婴大人,你别忘了,现在我们共享一个身体,也就是说我们的思想也是共享的,别以为我不知道你在盘算什么，你以为你恫吓我有用吗？"

九婴怒道："你找死！"

陆子羽抢过九婴的思想道："对啊，我就是找死！"

熊天和熊地二人又冲了过去，趁两人的思想在博弈的时候夺了此人性命就是最好的办法，千万不要等二人缓过气来。一旦二人缓过气来，后果不堪设想。

刚才在空中的陆子羽突然不见了。

凭空消失了？当着这么多人的面？

熊天和熊地二人也是惊讶不已，两人刚才明明看到了他就在对面，怎么可能会突然不见？

对了，两人恍然觉悟，这家伙不是不见了，而是藏在了地下，由于速度太快，刚才没有看清楚。

等两人反应过来的时候已经太晚了。

九婴从地上钻了出来，正好出现在两人的身下，一拳打在熊天的腹部，另外一拳打在了熊地的胸口，两人直接被打倒在地。

九婴狰狞地笑着："你以为你们真的可以打败我？哈哈，我早就留意了这小子可能会背叛我，所以在我进入他身体的时候，早就已经让吞噬兽吞噬了他部分意识，现在这小子神志不清，迟早都会被我的思想取代。我九婴在这个世界，除了自己,谁都不信,这就是为什么我能够活到今天的原因。而你们灵兽就是太在乎人类和太多情,所以你们会犯错,不过今天,你们就可以解脱了。死在我九婴的手里,也算是值当。"

九婴闪现到熊天和熊地两人身边,可是这时,两人已经从地上站了起来,接住了这一下。

本来两人根本不可能还有反抗之力,若不是刚才陆子羽的思想作祟,可能两人已经身受重伤了。九婴的力量大得可怕,远不是这样就可以阻挡。

之前九婴有9个头分散了自己的力量,现在凝聚在了一个人身上,实力陡增,熊天和熊地也感觉到了九婴力量的强大。

"不,我绝不会屈服的。"就在九婴准备对熊天和熊地出手的时候,陆子羽的思想又占据了上风。

他刚才脑袋一片空白,感觉自己的灵魂即将消失,他害怕极了,这就是死亡吗?为什么自己的身体还在?对了,自己和九婴在争夺自己的身体。

自己还要让所有的人类对自己俯首称臣呢,怎么能够这样放弃呢?不行,我必须活下去,只有活下去,我才能够有尊严,才能让那些看不起我的人都给我认错,让他们看看,这个世界是谁说了算。

就这样,陆子羽的思想又再次占据了上风。

"还真是冥顽不灵啊!"九婴也觉得有点难以消化陆子羽的思想,不过有了妖兽的帮忙,这家伙的思想已经很弱了,只要再它给点时间,就能够完全吞噬陆子羽了。

这个时候陆子馨冲了过来,对着陆子羽道:"子羽,你还记得我们一起在洛家村的事情吗?当时你出手救我,没想到我们一起被山贼抓住,最后山贼屠了整个洛家村,然后你和滚滚联手一起灭了山贼。还有,在路上,你和触地兽带着我和滚滚到东来镇,若不是有你和触地兽的帮助,我和滚滚也不可能那么快就到东来镇。你以为这些我都忘记了吗?我没有。"

陆子馨发现陆子羽思想有回应,刚才的九婴又被压了下去,她继续道:"其实我一直都知道你喜欢我,是的,我很感激你对我这么好,一路上对我也很关照,但是子羽,我和你之间总是少了点什么。那天在对付九婴的时候你的触地兽死了,我也很难过,也想回来救你,但是我根本无法控制孔子鸟,要不然你以为我会弃你于不顾?"

陆子羽回应道:"不,你不要骗我。陆子馨,你高高在上,你休想骗我,休想得逞。"

九婴怒道:"你这个人,你想干什么?你以为这样就可以对付我了吗?我杀了你。"

九婴出手却被陆子羽制止了。

陆子馨继续道:"你看看我现在,我还是当初的那个陆子馨吗?我容颜尽失,这么苍白的脸,还是我自己吗?你知道这些是为了什么吗?还不是为了你身体里的九婴,为了能保护人类,为了能替你报仇。可能你不知道,我一直把你当亲哥哥一样看待,我也想回家族之后,让父亲好好培养你。只是没想到我们会卷入这样一场漩涡,我们实力这么弱,也这么渺小。"

"不!不要再说了!"陆子羽的思想又抢过了九婴,他对着陆子馨道:"你这些只不过是对我的同情罢了,我不需要你的同情,你别说了,现在等我征服了九婴之后,整个神州大陆都是我的了,什么狗屁陆家,我不在乎。还有你,陆子馨,我要让你跪在地上,向我求饶。"

扑通一声,陆子馨双脚跪在地上道:"子羽,如果你真的期望如此,那么我就跪在地上,乞求你的谅解,那天我真的不是故意的,你是人类,求求你了,不要再犯错了好不好,现在回头还来得及!"

九婴这个时候又出现了,狰狞道:"杀,妖兽们,给我杀了这个女人。"

陆子羽又抢过九婴道:"回头?你认为我还有回头的余地

吗？我已经没有路了。"

九婴在那边道："对，你已经没有路了。子羽，就让我们一起征服这个世界，让所有的人对我们俯首称臣，主宰这个世界吧。"

陆子馨道："怎么会来不及？九婴就在你的身体内，你将它从身体赶出来，不就有机会了？到时候所有的人类都会歌颂你。"

九婴哈哈大笑道："赶出我？我现在的身体已经和他连在了一起，如果他胆敢赶出我，也就意味着他也是必死无疑。"

陆子羽失落道："对，他说的一点也没错。"

陆子馨道："子羽，那可不可以放手，求求你了，不要再伤害人类。"

九婴劝道："子羽，快，这个女人在哄骗你，别再抵抗我的思想了，让我们一起毁了这个世界吧！人类，本来就不应该存在于这个世界。"

陆子羽摇头道："子馨，我答应你，可是我没有力量之后就一无所有，所以我必须得到九婴的力量。"

陆子馨叹气道："这个我可以理解，那能不能让我最后再抱抱你，这不是一直以来梦寐以求的事情吗？我欠你的，今天满足你。"

九婴在那边道:"不,不行,你不能靠近这个女人,她会杀了你的。"

可是陆子羽从小就暗恋大小姐,抱一下她,是自己做梦都想的事情。这么多年的渴求,在这一刻,居然能成为现实。

他多么期待和大小姐的拥抱。

熊天和熊地不停地寻找着机会,希望能够杀了九婴。可是妖兽们全部都在以死相拼,势要保护九婴的周全。

这些妖兽不要命地前仆后继还是给两人制造了不小的麻烦。

现在,若不能快点杀死九婴,一旦九婴思想独立,那么可能熊猫大军也不是九婴的对手。

"大小姐,你能过来,让我抱下你吗?"陆子羽期待地望着陆子馨。

"不,不能过去。"陆远立马阻止道。

可是这个时候,陆子馨已经快步走了过去。她早已将生死置之度外,在她将精血给滚滚的时候,她就已经参透了生死。

人活在这个世界上,都需要一个存在的理由,而这个存在的理由,就是代表自己来这个世界走过,路过,做过许多不一样不重复的事情。

"子羽。"

陆子馨走到陆子羽的身边,九婴又夺回了思想,双手掐着陆子馨的脖子。

陆子馨都快喘不过气了,熊天和熊地两人想要去解救,却无法冲过妖兽大军。

这些妖兽大军的实力不弱,两人杀了无数,还是无法突破。

若是单单对付一个九婴,可能两人早就拿下了。

"不许伤害她!"陆子羽的思想又回来了,他关切地对陆子馨道:"大小姐,你变得苍老了,可还是那么美。"

他的手抱着陆子馨。

而陆子馨也伸开手,抱着他,然后轻轻说了一句:"对不起!"

她的匕首刺进了陆子羽的心脏,她知道这个地方是人类最为柔弱的地方,不管九婴有多少条命,但是心脏永远无法复活。

陆子羽也感受到了匕首,他拔出匕首,反刺进了陆子馨的身体。

陆子馨笑了,缓缓道:"子羽,刚才的这一下是你亏欠我的,现在的这一下是我亏欠你的。现在,我们两人扯平了,就一起离开吧,别再让九婴吞噬了你!别忘记,你可是人类!"

"大小姐,你为什么要这样做?"陆子羽还在生气,可当看到陆子馨那解脱的笑容之后，不知道为什么，他的心开始隐隐作疼。

他的身体也在逐渐虚弱。

九婴的思想这一下已无法覆盖陆子羽的思想，这个身体是陆子羽的，尽管被吞噬兽吞噬了灵魂，可是陆子羽只要有一口气在，九婴就无法完完全全地控制住这具身体。

"子羽，再见了。"

"滚滚，我来了。"

陆子馨倒在了地上。

"不！"陆远大声地呐喊，可是已经没有用了。

熊天和熊地两人见到陆子羽倒在地上，好像没有复活的迹象。

本来如果九婴在，还是能够复活陆子羽的，可是陆子羽一心求死，也不想复活，能和大小姐死在一起，对他而言这何尝不是一种幸福。他已经沉寂在了这种幸福之中，他仿佛看到了自己小时候，那个时候母亲生病，他是旁系弟子，找陆家的人救自己母亲，可是那些内系弟子的人却见死不救。从小，他就立志要让这些人难堪，后来机会终于来了，他孵化出了触地兽，他教训了这些人，也算是完成了小时候的梦想。可是他又开始迷茫了，他未来的路到底在哪儿？直到下山那天,家主找到他,让他负责陆子馨的安危开始,他想,或许这辈子能迎娶到大小姐就是他的下一个目标了,因此他才一直很迁就大小姐,受苦受累也无怨言,没想到最后的结局却是他死在了大小姐的手中,而大小姐也死在了他的手里。

或许这就是自己最好的选择了。

这个世界,也该说再见了。

"不!"九婴感觉光线越来越暗,它的这个如意算盘,没想到竟然栽在了一个人的手里,可能九婴不知道的是,人类和妖兽之间最大的区别就是人类喜欢讲感情,而妖兽总是喜欢自我。

熊天和熊地一起送了九婴最后一程。

一辈子都想证明自己的陆子羽最后死在了陆子馨的匕首下。

熊猫大军在和妖兽的对抗中也死伤无数,妖兽大军的数量太多了,它们应付起来非常吃力,现在九婴死了,妖兽们树倒猢狲散,也开始慌张起来。它们也看到了熊猫大军的实力,想要救回九婴的尸首,却根本不是熊天和熊地的对手。

熊猫大军士气大振,和人类大军一起,将妖兽大军们杀得溃不成军,节节败退,最终又逃到了北境各地。整个神州大陆总算又恢复了宁静。

熊猫大军一路追杀，直到妖兽大军再也无法掀起腥风血雨之后，它们也在一夜之间突然消失了。不过人们都知道，熊猫大军肯定在某个地方，保护着神州大陆的安危。若是有图谋不轨的人再次出现，那么他面临的将会是熊猫大军的惩罚。

世界再次一片祥和。没有了九婴，不知道下次又是谁会再次扰乱这个安静的世界。那些隐藏在蜀地的熊猫大军，也不知道何时将再一次救赎人类。

滚滚的笑容一直停留在了天上。